唐詩，我的靈魂伴侶

[謝怡慧 編著]

好讀出版

卷一 等待靈魂的所在

1. 杳杳寒山道 寒山 012

2. 正月十五時 蘇味道 014

3. 詠風 王勃 016

4. 湖口望廬山瀑布水 張九齡 018

5. 山居秋暝 王維 020

6. 望廬山瀑布 李白 022

7. 旅夜書懷 杜甫 024

8. 夜到漁家 張籍 026

9. 宮詞一百首 之一 王建 028

10. 牡丹 薛濤 030

11. 初春小雨 韓愈 032

12. 漁翁 柳宗元 034

13. 江雪 柳宗元 036

14. 晨詣超師院讀禪經 柳宗元 038

15. 惜牡丹花 白居易 040

16. 暮過山村 賈島 042

17. 山行 杜牧 044

18. 秋夕 杜牧 046

19. 題君山 雍陶 048

20. 瀑布聯句 李忱 050

21. 過分水嶺 溫庭筠 052

卷二 安養你的靈魂

1. 山中 王勃 056

2. 望月懷遠 張九齡 058

3. 夏日南亭懷辛大 孟浩然 060

4. 九月九日憶山東兄弟 王維 062

5. 相思 王維 064

6. 逢入京使 岑參 066

7. 喜見外弟又言別 李益 068

8. 江南曲 李益 070

9. 遊子吟 孟郊 072

10. 怨詩 孟郊 074

11. 寄全椒山中道士 韋應物 076

12. 淮上喜會梁川故人 韋應物 078

13. 寄李儋元錫 韋應物 080

14. 望夫石 王建 082

15. 錦江春望辭 其一 薛濤 084

16. 送友人 薛濤 086

17. 潤洲聽暮角 李涉 088

18. 竹枝詞二首 其一 劉禹錫 090

19. 與浩初上人同看山寄京華親故 柳宗元 092

20. 遣悲懷 之二 元稹 094

21. 聞樂天授江州司馬 元稹 096

22. 六年春遣懷八首 其五 元稹 098

23. 問劉十九　白居易　100

24. 贈鄰女　魚玄機　102

25. 無題　李商隱　104

26. 聽箏　李端　106

卷三　七情六慾的靈魂

1. 送杜少府之任蜀州　王勃　110

2. 明河篇節選　宋之問　112

3. 留別王維　孟浩然　114

4. 閨怨　王昌齡　116

5. 涼州詞　王翰　118

6. 別董大　高適　120

7. 醉後贈張旭　高適　122

8. 怨情　李白　124

9. 佳人　杜甫　126

10. 節婦吟　張籍　130

11. 題木居士二首 之一　韓愈　132

12. 後宮詞　白居易　134

13. 宮詞　朱慶餘　136

14. 題情盡橋　雍陶　138

15. 貧女　秦韜玉　140

16. 韓冬郎即席爲詩相送　李商隱　142

17. 嫦娥 李商隱 144

18. 蟬 李商隱 146

19. 夜雨寄北 李商隱 148

20. 寒食 韓翃 150

卷四 愛上自在的靈魂

1. 他人騎大馬 王梵志 154

2. 翻著襪 王梵志 156

3. 吾富有錢時 王梵志 158

4. 寒山子詩 寒山 160

5. 賜蕭瑀 李世民 162

6. 題大庾嶺北驛 宋之問 164

7. 感遇十二首 之一 張九齡 166

8. 歲暮歸南山 孟浩然 168

9. 酬張少府 王維 170

10. 終南別業 王維 172

11. 宣州謝朓樓餞別校書叔雲 李白 174

12. 行路難 之一 李白 176

13. 貧交行 杜甫 178

14. 江上值水如海勢聊短述 杜甫 180

15. 尋楊即中宅即事 岑參 182

16. 立秋前一日覽鏡 李益 184

17. 新嫁娘 王建 186

18. 登山 李涉 188

19. 井欄砂宿遇夜客 李涉 190

20. 自詠 韓愈 192

21. 竹枝詞九首 其七 劉禹錫 194

22. 題烏江亭 杜牧 196

23. 汴河阻凍 杜牧 198

24. 送隱者一絕 杜牧 200

25. 贈妓雲英 羅隱 202

26. 自遣 羅隱 204

27. 鸚鵡 羅隱 206

28. 利洲南渡 溫庭筠 208

29. 有感 李商隱 210

30. 北青蘿 李商隱 212

卷五　活在當下的靈魂

1. 宴城東莊 宋之問 216

2. 代悲白頭翁 劉希夷 218

3. 哭宣城善釀紀叟 李白 220

4. 登科後 孟郊 222

5. 畫居池上亭獨吟 劉禹錫 224

6. 對酒 白居易 226

7. 劍客　賈島　228

8. 題詩後　賈島　230

9. 近試上張水部　朱慶餘　232

10. 將赴吳興登樂遊原　杜牧　234

11. 訪城西友人別墅　雍陶　236

12. 贈少年　溫庭筠　238

卷六　遙敬遠方的靈魂

1. 塞下曲　王昌齡　242

2. 詠史　高適　244

3. 登金陵鳳凰臺　李白　246

4. 蜀相　杜甫　248

5. 行軍九日思長安故園　岑參　250

6. 從軍北征　李益　252

7. 汴河曲　李益　254

8. 沒蕃故人　張籍　256

9. 過鴻溝　韓愈　258

10. 金陵晚望　高蟾　260

11. 己亥歲感事　曹松　262

自　序

　　在一本書上看到了這樣的一個故事：有個歐洲人到南美探險，他僱了一些當地的土著當腳伕。走著走著，這些腳伕無緣無故地停了下來。不論歐洲人怎麼要求他們繼續上路，也都不被理會。過了不久，腳伕們又自動地開始向前走了。一頭霧水的歐洲人透過翻譯，非把問題問清楚不可。他得到的答案是：那些腳伕認為他們走得太快了，以至於他們的靈魂跟不上來，他們必須要停一停，等一等他們的靈魂。

　　剛開始寫這本書時，我就像是那個即將去探險的歐洲人，很努力地帶著一堆工具往前衝，拼命想趕快到達自己幻想中的目的地。一路疾走，不知不覺中忽略了被自己棄之在後的靈魂。忽略除了探險以外的事物，只為求趕緊到達藏寶圖上的山洞，生活品質都拿「丁」了。

　　很多時候，我們的生活腳步太快了，快的讓我們的靈魂跟不上。而當你坐下來等待靈魂的片刻，唐詩絕對是最佳的良伴。短短的詩，卻有雋永的意涵，你總可以在其中找到讓自己點頭嘆息的隻字片語。不管是人生、情感、抱負、懷古、賞幽，只要是與

人生相關的主題，相信都可以很容易找到共鳴。

　　或許有很多人與我從前的想法一樣，總覺得自己看不懂那些咬文嚼字的東西，何況一首詩中常常用上一堆典故，讀來竟覺自己像個文盲，所以對於唐詩三百首這本書，一向供奉在書架上染灰塵。如果是這樣那就太可惜了，人說熟背唐詩三百首，不會作詩也會吟，為了自己的文化氣質可別放棄這好東西呢！

　　回想起在美國大學中文課當助教的時候，真覺得這是一份讓人十分愉快的工作。那些對中華文化喜愛萬分的外國人總以無比認真的態度在學習中文，雖然他們已是成年，可是中文能力卻可能只有幼稚園，而即便如此他們也竭盡腦汁地使用簡單的字彙來表達溝通，有時候他們還會問些艱深的中國哲學，像是孔子、老子、莊子、易經等，把助教們都給考倒。

　　不過，也因為這樣，我才更發現，我們這些中國人或許中文說的很好，但並不真正懂得中國的事物。

　　許多中文課的同學們都可以順口背上幾首唐詩，他們愛拉著助教們背誦著「欲窮千里目，更上一層樓。」或是「春眠不覺曉，處處聞啼鳥。」事實上，我是很驚喜的，因為那很有一種「根」的感動。

　　從小我們「上友古人」，不斷地背誦著這些詩詞古文，卻只為

應付考試評鑑，看到這些東西自然恨的牙癢癢，如今在另外一個國度，另外一種語言世界裡，這些台灣學生憤恨的東西竟被捧作珍寶，叫人怎能不感傷？又怎能不感動著中華文化的無遠弗屆？

中國歷代的名人哲士舉之不盡，堆積的作品更建構出中國輝煌的黃金國度，而在中國文學的天空下，我們隨手拾來都是瑰寶，只是識貨不識貨啊！

所以，「好讀」的宗旨是讓人認同的：讓這些經典文學蛻下艱深的外貌，讓人們可以更愉快直接的接受這些看來很遙遠的書籍。至於說到本書，唐詩的世界本來就是一個很真實的世界，每一首詩都刻畫著作者的人生與哲思。或許你曾經覺得唐詩遙不可及，但希望這本書的語言可以讓你有不同的想法。

在此還要誠心地感謝我的親人以及朋友們，謝謝你們的支持，才有這本書的完成。

等待靈魂的所在

沾染一身塵世中的灰，停
下腳步，到山水中洗滌，
讓落後的靈魂趕上你吧！

1. 杳杳寒山道

寒山

杳杳寒山道，落落冷澗濱。

啾啾常有鳥，寂寂更無人。

淅淅風吹面，紛紛雪積身。

朝朝不見日，歲歲不知春。

　　杳杳寒山道是詩人描寫天台山上峻山深壑的景色與反思。簡單的疊字，充滿韻律，使詩脫離極端的苦澀，好入口多了。雖然只有一個寒字，整篇文章卻都漫透著寒意。

　　寒巖山路深暗幽遠，澗邊寂清冷森。因為山是這樣的幽靜無人，倒襯托鳥叫的尖細清晰。山裡沒有人，只有風淅淅地吹在臉上，雪紛紛地落在身上。林木茂密，陽光不易見；心如古井，不關心春來秋去。

　　這樣淡然的詩，是什麼樣的人留下？一個不關心著時光流逝的人，又是怎樣超脫世俗名利？是寒山子，貞觀時代的一位詩僧，長時間在天台山上修行。寒山子喜歡將詩刻寫在山竹林木

上，內容多是演說佛理，人情世態，山水景物。長時間的山中修練，使得他的詩風清冷，讀來特別有空谷靈山的質味。

人很容易被自己生活的環境同化，當你日日夜夜面對的都是一樣的事物時多少都會染上那些氣息。寒山詩僧選擇了一個幽靜的山中隱世，日日對著杳杳寒山道，落落冷水濱，心平靜謐，自然不知春。

住在城市的人悲哀，沒有鮮明的畫面可以感受，甚至連皮膚都不會在乎氣溫的改變，在我們的世界中，溫度是被人操控的。喜歡冷的人可以將身邊的溫度降的極低，喜歡溫暖的人也可以將暖氣開個一整天。

現代人早被養的很懶，不管做什麼都有科技解決，而當一個人離不開科技用品，也就沒有資格說反璞歸真的話了。然而靠著這些便利，我們的五官也過著朝朝不見日，歲歲不知春的生活，只是這不是明心見性，而是麻木遲鈍。

2. 正月十五日夜

火樹銀花合，星橋鐵鎖開。
暗塵隨馬去，明月逐人來。
遊妓皆穠李，行歌盡落梅。
金吾不禁夜，玉漏莫相催。

　　十五是月圓，正月十五是元宵，元宵總讓人聯想到花燈與煙火，不管時間的變遷，人們總延續這美麗的傳統，可見這夜的盛會有多麼叫人難忘。

　　每年鹿耳門天后宮總會在元宵節施放花式煙火，盛況之大吸引了無數人群，有經驗的人早早就攜家帶眷佔好位置，因為晚來不但連週邊都進不去，更別想有好角度了。

　　天后宮的富麗堂皇總讓人有回到古代宮殿的錯覺。

　　滿天的燈火煙花，精心設計的花樣彷彿是為了呈獻天地。

　　「火樹銀花映照，環流的城河宛如天上星河，河上的拱橋更點綴上無數祈福的明燈，彷彿搭在天河上的星橋。

賞燈遊客踵接，平時夜間就已無人的廟門也將鐵鎖打開，今晚成了不夜城。在燈影月光的映照下，花枝招展的遊客們打扮的分外美麗，夜晚的光與火激起人們一夜的熱情。

　　元宵美景真是讓人流連忘返，而今夜，希望這一年一度的元宵夜也不要匆匆地流去。」

　　想起前一年，恰好寒流報到，寒風陣陣，空中的星火與眼中的光輝燦爛交映，然而綺麗的時分總是流失的特別快。每每參與美麗的慶典後，心底總會興起無限悵然，這是因為在乎吧，如果不在乎怎會留下多餘的情緒？

　　今年，是個暖冬，星火光輝依舊交映，依舊悵然，一夜也依舊不留。而明年呢？明年元宵仍是依舊嗎？

3. 詠風

王勃

蕭蕭涼風生，加我林壑清。

驅煙尋澗戶，捲霧出山楹。

去來固無跡，動息如有情。

日落山水靜，為君起松聲。

　　你聽過「蝴蝶效應」嗎？在科學家的計算研究下，發現只要亞馬遜河雨林中的一隻蝴蝶輕輕拍動牠的翅膀，這陣風流就足以輾轉在太平洋上形成一座飽含水氣的颱風。颱風可怕，但是，台灣卻必須靠著一次次颱風所帶來的豐沛雨量為未來的一年作蓄水準備，可知如果沒有颱風，台灣會大旱的。

　　風有各式各樣，有的讓人如沐春風，有的殘暴如龍捲風，風時時在人的身邊，讓人不覺得他的重要。其實，有風才有雲，風生水起，一旦真沒有風的對流那大自然的運作就會嘎然而止，人類也別想生存了。

　　是出自伊索寓言嗎？小時候看過的故事，大意是眼高於頂的

北風先生向著太陽公公挑戰，看誰能先讓旅人將帽子脫下。於是，北風呼呼地吹，帽子飛了，旅人又撿起戴上，一次次更強勁地吹，旅人反而因為寒冷將帽子戴著更緊，結果當然是讓人猛揮汗脫衣的太陽贏了，因為西方的北風象徵著驕傲。

而「詠風」，王勃的風，蕭蕭涼風，吹散濁氣，使得林壑霎時清爽。風驅散雲煙捲霧，使山間澗底為之一淨。風的來去是如此無痕，所作所為卻又如此有情。待日落山水靜的時候，又再為人響起雄渾的松濤樂章。

王勃的風，是東方的風，也是詩人的風，勤奮高尚，風行草偃，不捨晝夜，努力益人，也大概只有山林間的蕭蕭清風才能惹出王勃的一番詩意吧。

4. 湖口望廬山瀑布水

張九齡

萬丈紅泉落，迢迢半紫氛。

奔流下雜樹，灑落出重雲。

日照紅霓似，天清風雨聞。

靈山多秀色，空水共氤氳。

　　美，每個人的定義感受都不一樣，就像同樣是面對著廬山瀑布，呈現出的意念角度在每個詩人的眼中也是不一樣。很多詩人都曾描寫過廬山瀑布，雖然他們寫出不同的氣質，用不同的文字組合，他們卻同樣極盡所能地將瀑布描寫的清靈，將美感以文字淋漓地表現，將情懷志氣蘊含在字裡行間。

　　張九齡在開元年間，因為和丞相張說為同宗，所以受其重用，被擢任中書舍人。後來張說被彈劾罷相，和張說交篤的張九齡亦被貶官。貶官後原應出任冀州刺史，但是張九齡上疏給唐玄宗，請求改授江南一州，以便照顧年邁的母親。當時唐玄宗特許張九齡轉任江南的官職，使張九齡深感皇帝的恩遇。

因此有詩評家認為，這詩中隱約透露著詩人的理想境界與政治理念。所謂山水即人，乍讀只是山水，咀嚼便是文人高士的氣度，這詩是成功的創作。

　　湖口指的是鄱陽湖口。在湖口遠觀高遠的瀑布，水從天降，氣勢不凡，紅岩、水氣的顏色相映，光彩奪目。瀑布奔流，穿越過高山雜樹，宛如從雲中灑落。陽光照耀，虹彩當空，雖是晴朗天氣，瀑布的聲音卻宛若交加風雨。廬山原是靈山仙境，多秀麗景色，這天與水連成一氣，和諧精醇，境界是何等恢弘廣闊。

　　這幅如畫的詩，有顏色，會動，還有聲音。重彩濃墨，將顏色上的迷人，鮮明生動的好像瀑布就在眼前，彷彿詩人的靈魂，也氤氳在天空與水氣之間。

5.
山居秋暝

王維

空山新雨後，天氣晚來秋。
明月松間照，清泉石上流。
竹喧歸浣女，蓮動下漁舟。
隨意春芳歇，王孫自可留。

空寂的山間，在一陣新雨後，傍晚天氣已是無限秋意。瑩潔的月光，照進松林裡，潺潺的清泉，迴流在石崖上。竹林裡一片喧鬧聲，原來是到河邊浣衣的姑娘們歸來，河上蓮葉微動，是漁人滑動了漁舟。春天的芳草雖然已兀自凋零，但在這山中遨遊的王孫公子，仍有他們可留戀的地方。

山居秋日，空山新雨，傍晚清涼的秋山好似在邀請人們入山一遊，山山水水無比美麗，明亮的秋月在松樹間悠悠地發亮充滿了浪漫詩意，清清的泉水在石上奔竄濺起美麗水花。任誰見了這樣的景色，呼吸著這般清爽的空氣都要流連忘返，更別提這些來山中遊樂休閒的王公子弟們。

我們不也常常去親近綠野？住在城市裡的我們就像是染滿俗氣的公子哥，想向山林分一點靈氣與閒適，所以喜愛向山裡去。有時當我們漫步山鄉之間，與許多遊人擦肩而過時，還會看見一些顯然不是外來客的在地人。他們身著輕鬆，腳下或急或徐正要趕路歸家，自然的就像是大地之間的風光，就像詩中描繪的浣女們在歸家的路上還會一邊嘻笑歌唱，很是歡喜，不像我們這些自以為出塵卻突兀的打擾者。

　　秋天，花兒多已凋謝，山中沒有五彩繽紛的美麗畫面，秋晚，萬籟逐漸靜寂，可是那大自然帶給人的舒適與自在卻是「人」的地方所找不著的。

　　詩人將眼前所見之山居秋暝，閒適地刻畫下來，山中的靈氣爽朗輕輕鬆鬆就讓人們分享了。這些遊玩的王孫子弟平日所見大多是繁華富麗的景物，來到這和諧存在的大自然瑰麗寶殿，一定體驗到另一番不同的大自然風情。

6. 望廬山瀑布

李白

日照香爐生紫煙，遙看瀑布掛前川。
飛流直下三千尺，疑是銀河落九天。

廬山香爐峰，位在廬山西北，其峰尖圓，煙雲聚散，宛如香爐。一座頂天立地的香爐，氳氲著紫色煙霧，飄邈於天地之間。瀑布就像是一條巨大的白練，高掛在山川之前。飛瀑直落，勢不可擋，這人間少見的一幕，就像是銀河從天而降。

銀河是李白的夢想，他總愛往天上去，總愛攬明月，總愛遊九天，莫怪人稱他是謫仙。

想像總是空無，天上的一切更從不屬於凡間，或許水中有，有了也只是千年不變的幻影。是以一個景仰青天的人，看見了廬山瀑布的一景，很難不被震撼，很難不被感動。文人寫景總落俗套，然而一旦被深深感動，那筆觸的有力，就可銘鏤在金玉中永存。

也終於，在詩人尋遊四方之際，他得以看見一個祭祀他心中聖靈的聖地，香爐的香煙裊裊，一向被人當作傳達祈求上蒼的煙

信，這飄飄的煙總不到天邊就會散向四方。而你可曾看過真正香火鼎盛的局面？

　　當你遠遠往廟的方向望去，卻見香煙沖天，那壯觀的一幕真會叫人驚訝的，好似人們的心意在這全湧上天。在這廬山瀑布之前，李白找到了滿天仙佛都可以望見的香爐，那紫煙繚繞或許正是他與神佛們溝通的煙信呢！

　　每個人都會有他心中的感動所在，讀到這樣的詩，一定會想去吧？想去親眼膜拜一番吧？從商業行銷的觀點看來，李白將廬山瀑布的名氣打得真響。

　　景色賦予文人新生命，文人賦予景色人文價值，讀了這飛流直下三千尺，不心動前往都奇怪。

7. 旅夜書懷

杜甫

細草微風岸，危檣獨夜舟。

星垂平野闊，月湧大江流。

名豈文章著？官應老病休。

飄飄何所似？天地一沙鷗。

「細草和微風的江旁，一艘豎起高桅的船，孤零停泊在夜裡。
大江日夜東流，星光在一望無際的草原上閃爍，月兒也在大江裡
擺盪。有點名聲，哪裡是因為我的文章真寫的好？但年老多病，
是真應該辭官了。至於這飄然的一身，像什麼呢？不過像廣闊天
地間的一隻沙鷗。」

唐代宗元年（公元七六五年）正月，杜甫辭去節度史參謀的
職位，返回成都草堂定居。當時投靠朋友嚴武，不料同年四月，
嚴武死去，杜甫在成都頓時失去依靠，只好決定離開四川，這詩
正是杜甫帶著家人在泯江、長江乘舟東下之時所作。

杜甫是一個不順遂的人，明明才高十幾斗，而且語不驚人死

不休，可是他的一生大多處於流浪之中。加上杜甫辭官真正的原因是受人排擠，而非所謂的老病不堪，所以充滿政治抱負的他自然更加鬱鬱不得志。

初讀這詩，一定可以感受到廣闊四野的蕩蕩然。人在越寬廣的地方，自然越覺得自我的渺小，因為這種廣闊令人思索起自己的過去與未來，釋放出個人的情緒感受。

一位日本冒險家單身徒步，最後成功地跨越南極和北極兩地，這兩項壯舉讓他在金氏世界紀錄留下姓名。南極與北極都是一望無際的大冰雪，大原野和蒼穹，沒有生物或是任何目標物，更別提聲音了，因此有人問他，是什麼支持著他走下去的？是不是邊走邊唱歌，還是邊走邊禱告？

他說，偶爾停下來看自己走過留在雪上的腳步，很長很長，很害怕那已經從視野消失的足跡。背後的足跡已經過去，未來要踏出去的腳步雖然屬於未知數，但還仍有夢想以及目標。或許是那背後還未消失的腳印，一直帶給他往未來「再一步」的勇氣吧。

8. 夜到漁家

張籍

漁家在江口，潮水入柴扉。
行客欲投宿，主人猶未歸。
竹深村路遠，月出釣船稀。
遙見尋沙岸，春風動草衣。

　　漁家就在江口，茅舍簡陋。漲潮時分，江水就會浸濕柴門。
詩人行旅至此，急欲投宿，可是主人尚未歸家。月已現影，竹林
深森，下個村落又遠，江上的釣船越來越少。遙遙張望，只見岸
邊有人在泊船，春風正吹動著他的草衣。

　　讀著詩人描寫夜臨漁家的狀況，越讀越心焦，眼看詩人似乎
無處可歸，卻見「春風動草衣」。春風拂面，得意春風，春風是解
憂的，輕鬆的，放心的，因為草衣可能正是漁父歸家呢！

　　「忐忑」是初讀這首詩的心情，「好險」是口語化的表現。在
人生的路上，忐忑的經驗很多，而且十之八九都是因為自己沒有
事先準備好。記得朋友說過的話，我很感動，他說：「因為我覺

得自己以前很差勁，所以現在我要做更多的準備，盡力做得更好。」然而人生有很多意外，許多事不是事先準備就可以的。我們可以做好車子的保養，可是並不能保證車子不會在半路故障；可以做好旅遊計劃，卻可能不小心將行李忘在車上；有太多的可能性會讓我們既定的行程或計劃改變，怎麼辦？

將行李忘在巴士上，其實是切身經驗。忘了行李，聽起來還好，可是如果是在南半球的紐西蘭呢？長途巴士從一個小鎮開了五六個小時才到目的地，欣喜著下車，卻疏忽了其中一袋行李。等到車子開走，倏然想起時，真是欲哭無淚。

因為一站站的行程早已確認，明日又必須搭別的車子離去，原本想放棄了，卻又不甘心，只好著急地用生疏的語言請站長幫忙。素昧平生的站長以電話聯絡後，告訴我明天早上八點半回來這裡，那輛公車會開回來。喔，一陣春風吹過，感謝老天爺。行李會回來，還在時限以內，真是大幸。

其實如果行李不能即時回來，心中一定會遺憾一段時間，而且旅程中會蒙上那麼一點點不幸，不過好險哪……想想，詩人張籍在看到漁父前一定也相當忐忑過。當然，人生海海不是每件危機的結果都可以不遺憾，這時只好隨遇而安囉。

9. 宮詞一百首 之一

王建

樹頭樹底覓殘紅，一片西飛一片東。

自是桃花貪結子，錯教人恨五更風。

《詩經‧周南‧桃夭》上說：「桃之夭夭，有蕡其實。之子于歸，宜室宜家。」桃花燦爛地開後，樹上就要結實纍纍，就像是嫻美的女子出嫁，將為夫家帶來福氣滿堂。

課堂上，老師解釋著詩經上桃夭的文章。我的眼光卻忍不住飄出窗外，窗外的杜鵑開的如此美麗燦爛，讓我的心情沉溺在浪漫的春天裡。從小生長在南部，南部炎熱的天氣，並不適合杜鵑這樣美麗的花，所以一直來到濕冷的北部才遇上這樣的美。

「嘿，同學，老師講什麼啊？」老師發現我呆滯的眼神了。

「杜⋯杜鵑⋯夭夭⋯結實纍纍⋯⋯」滿臉通紅的我，結結巴巴，竟把罪魁禍首的杜鵑給招供了。

「喔，同學，杜鵑雖然也是夭夭，卻是不結果實的。」老師好笑地說。全班跟著哄堂大笑，隔壁的志偉更是誇張地笑到地板去

了，讓我又窘又糗。

「老師，她是在想，杜鵑一定很羨慕桃花，又美又可以結好吃的果實，不像杜鵑只燦爛一季，花凋以後只能樹底覓殘紅啦。」志偉從地上跳起來搶著說。

「嗯，同學的解釋合理，無罪釋放。」又是一陣哄堂大笑，連在走廊上走路的學生都好奇探頭進來看。

其實我真是這樣想的，去年春天，杜鵑的美麗教我老愛待在校園裡。沒想到，一陣春雨後，原本多彩的樹竟綠了，樹上的花瓣全化春泥，叫我好不感傷美麗的易逝，春雨的無情，一時忘了身為杜鵑的哀愁與遺憾。一樣是燦爛美麗的花，桃花也在春天花落，卻能在落英後結實纍纍，怎能教泣血杜鵑不心生妒意？

10. 牡丹

去春零落暮春時，淚濕紅箋怨別離。

常恐便同巫峽散，因何重有武陵期？

傳情每向馨香得，不語還應彼此知。

只欲欄邊安枕席，夜深閒共說相思。

薛濤是唐代女詩人，曾住成都浣花溪，詩裡的「紅箋」指的正是薛濤箋，薛濤箋的造紙原料為木芙蓉，呈紅色或粉紅色，是薛濤喜歡的顏色，傳說薛濤還會把花瓣撒在紙上加工添彩。

因薛濤好作小詩，她以娟秀的小楷題上自己的詩句，再贈與那些她認為合意的來客；一時之間，這種詩箋成了文人雅士收藏的珍品。

「眼前盛開的牡丹，教我想起去年暮春她零落的情景，然而重逢的喜悅與無限情思此刻都叫我激動不已。總怕我的牡丹情人就像楚襄王與巫山神女只能迷幻般在夢中匆匆一會，今天竟然能不期而遇，就像武陵漁人意外發現桃花仙源一樣教人驚喜欲狂。牡

丹情人散來之濃濃香情我已經收到，你不說話是因為我們心靈相通，現在的我不想錯過任何與你相處的時間，只想與你在欄邊同席共枕，夜訴相思相慕。」

深情的詩，有人考證這詩是薛能所作，誤植了薛濤，不知何者可信，但牡丹的一顰一笑，在詩人的手中是鮮活了。

牡丹的艷麗讓人眼中飄出花仙與凡人奇遇的神秘情懷，驗證唐人的浪漫。

花兒一年只揀選一段時間燦爛，其他的時候就宛如一個離人負心而去，當負心人再度飄逸在自己眼前，過去一段時間的想念當然就化為甘心淚水，沾濕寫滿怨恨別離的紅箋了。

花落花開有信，人的歸來卻是望眼欲穿。可以在花裡寄予相思，反倒顯得花兒竟是較人有情有義了。

11. 初春小雨

韓愈

天街小雨潤如酥，草色遙看近卻無。
最是一年春好處，絕勝煙柳滿皇都。

　　早春的驚喜，從雨中揭幕，雨滌大地，濕潤如酥，遠遠望去一片嫩青。近看卻見草芽稀疏，顏色也還看不清，不過這生機勃勃的一刻，才是春天最絕勝的時候。

　　春的生機，一向叫人稱頌，人們卻常等到滿園花開，才知春神來了，然而這時卻已春晚。

　　草色遙看近卻無，常常我們不覺得自己的身邊有些什麼特別的事物，可是我們卻可以看見遠方有些什麼不一樣，詩人敏銳的觀察力讓他享受了早春的美妙，當然也多虧了這場甘霖，讓小草芽可以春意盎然。

　　朋友送我一盆小小的鐵線蕨，鐵線蕨的葉片小巧別緻，樹枝的部分細黑像鐵線，很優雅的植物，聽說可以吸收一些輻射，朋友便教我放在電腦旁邊。哪知很開心地放了一天後，原本翠綠的

盆栽葉子竟然焦黑枯萎，腦中霎時充滿「死亡」的黑色幻想，手足無措，不知如何急救。

　　忽想到蕨類長於陰濕多水之處，便將整株植物浸在水中。為了想知道水有無起死回生之效，便三不五時往陽台跑，然而時程短看不出差異，久之就忘了關心它了。三、四天後，走到陽台看到鐵線蕨又像鐵線蕨時，欣慰極了。或許是春天吧，兩週後，它不但元氣大增，還長出更多嫩綠的枝葉，叫人好不感動生命的毅力！

　　生命是需要專心去關注付出的，偶而的收成反省，更會覺得這新鮮嫩葉特別清新。我想不喜歡觀察身邊事物的人，一定會錯過很多有意思的事。

12. 漁翁

柳宗元

漁翁夜傍西巖宿，曉汲清湘燃楚竹。

煙銷日出不見人，欸乃一聲山水綠。

迴看天際下中流，巖上無心雲相逐。

　　想到漁翁就想到捕魚，為了生計，漁翁捕魚多使用漁網，每撒下一次網就希望捉到很多魚，而垂釣之樂反倒是那些業餘漁翁的喜愛了。

　　愛釣魚的人都知道，釣魚第一要務就是要找個好位置，還要選對魚餌，不一樣的魚當然喜歡不一樣的餌。選完這些，再來就是耐心及寬心了，一個浮躁之人肯定難有漁獲，而且有無漁獲還只在次要，重要在享受中間的過程。

　　不過，詩人就是詩人，描寫漁翁也是別出心裁，連柴米油鹽醬醋茶的事也能「炊金饌玉」，明明漁翁只是汲水燃薪，卻可以描繪成「汲清湘」、「燃楚竹」，使得這個拂曉清晨顯得奢靡不俗，一首清淡簡樸的詩也添上豪華的竹香。那「欸乃」一聲更生動地

將小舟推送出去，使整個畫面由靜而動了起來。

　　漁翁臨夜在西山客宿，清晨便聽到他汲水燃薪，不過日出煙霧已散還是不見人，突地傳來櫓槳的「欸乃」聲，原來漁舟已經划入翠綠山水中了。漁翁乘舟下中流，回頭看看天際，只見巖上繚繞的白雲似乎正一路追隨著他的漁舟。

　　人終究逃不過天上的日月星辰，不管你走到哪裡，日月星辰總跟著你，他們就是見證你一切的天地。對一個孤獨的人而言，日夜星辰、雲雨風雷電一切都可以是朋友，這些知音更能和他互通心曲，孤獨的人也希望能有這些知音可以忘機相隨吧。

13. 江雪

柳宗元

千山鳥飛絕，萬徑人蹤滅。
孤舟簑笠翁，獨釣寒江雪。

　　姜太公釣魚，願者上鉤，苦苦等待時機的他，釣到了識人的周文王；柳宗元在寒冷淒清中一人垂釣，卻只釣起一片蒼茫的寒江雪。

　　拉的遠遠的鏡頭，畫面上是重重遠山，遠山如墨，山頂覆蓋上一片孤獨的濃雪，空無飄渺，寒鳥飛盡。畫面一偏，積滿雪的山徑，人煙滅絕，背景是無窮無盡的渺茫，遠離塵世，萬籟俱寂，空濛遙遠。

　　畫面轉到水面，白茫茫煙霧中遠遠一艘孤舟停泊江中，漁翁穿戴著簑衣笠帽，上頭也舖滿細雪。時空彷彿靜止一般，絕對的寂靜，絕對的凜然，絕對的專注，虛無，不動。

　　在我看來，漁翁意不在釣魚，他將一顆心沉浸在濃濃的絕滅孤獨裡，享受此時此刻只屬於自己的無限大空間，這樣孤絕清高

的環境，再也無人可以打擾，讓他自憐自愛自己的一片冰心，偶然真有魚兒上鉤才真會將他驚醒，原來他還存在著。

逃避著現實最好的方式就是發呆，有研究說人一天做個幾分鐘的白日夢，對紓解自己的壓力很有幫助。

所以當你累了、呆了、傻了、快瘋了，就不需要再逼自己了。找個安靜的地方，坐下來，深呼吸，很理性地告訴自己：「暫停。」然後閉上眼睛，想個能讓自己開心的事，不管會不會實現；中樂透，變成窈窕淑女，遇上許願精靈，或是想像一個無限大的空間，五分鐘就足夠讓你恢復戰鬥力，下次累了試試看，或許配上清茶、咖啡也很美味喔。所以並不需要將自己置入冰天雪地的百年孤寂中吧！

14. 晨詣超師院讀禪經

柳宗元

汲井漱寒齒，清心拂塵服，
閒持貝葉書，步出東齋讀。
真源了無取，妄跡世所逐。
遺言冀可冥，繕性何由熟？
道人庭宇靜，苔色連深竹。
日出霧露餘，青松如膏沐。
澹然離言說，悟悅心自足。

　　柳宗元的作品，一向以簡潔的語言，對景物作出具體精細的描寫，或以白描手法勾勒其面貌，形成幽雅清瑩的意境。在作者清新秀美的文筆下，山水彷彿各具血肉靈魂。不僅如此，在山容水態中，還曲折地表現了作者的思想感情，所以他的山水遊記感情豐富，含意深刻。而詩，這種美麗的語言格式是別種方式所不能比較的，一樣的情境，詩卻可以在其中顯出更輕逸的味道。柳宗元就將自己在佛院中讀禪經的感受以詩的方式抒發出來，在這

首詩中書寫了佛院的清新可愛，與自己讀禪經的想法。

　　佛院中，清靜是不可或缺的要素，這也是心之所求。詩人汲起寒涼的井水洗漱齒頰，沁涼的水與空氣使身心都清明了，再拂去衣裳的塵垢，整個人煥然一新。

　　安閒地拿起佛經走出東齋外面誦讀。佛理上的真源未能讓人吸收，那些荒誕傳言的事跡卻為世俗爭相追求。禪經上的文字是不容易被理解的，可是有許多事跡卻被人們妄加神化，這不是禪的真意啊。真正的禪，只有丟掉一切言語才有冥心證悟的可能，而陶冶本性則需慢慢求其精熟圓融才能達到。

　　「道人庭院中一片靜謐，蒼深的色調連接茂密的竹林，太陽剛出來還餘有薄露淡霞，青松在露水洗滌後顯得更翠綠。對此心情淡然，不需用言語表達，便能心神領悟，使人內心覺得十分喜悅滿足。」

　　這是詩人柳宗元在佛院中的領悟，他的立場是健康光明的，詩人不是盲目在追求著神跡，而只是淡然地表現出他此時此刻平靜的心，使得這詩讀來讓人有清澄心情的美妙了。

15. 惜牡丹花

白居易

惆悵階前紅牡丹，晚來唯有兩枝殘。
明朝風起應吹盡，夜惜衰紅把火看。

牡丹是花中之王，她不是屬於台灣的花，很多人一輩子只在電視中或是圖片裡才看過。

記得小時候，當時中部有個觀光山區從大陸引進牡丹展覽，那時是一大盛事，爸爸一聽說便帶著興奮的全家去那兒「朝聖」，驚艷地看著那「鍋」大的富貴氣象：「哇，原來這就是牡丹啊！」

牡丹不愧是花魁，真是好大一朵。所以小時候甚至到現在，只要一提起牡丹，我就會有一絲驕傲，驕傲我看過連國文老師都不曾親眼看過的牡丹。

在美國唸書期間，藝術課的老師提到中國國畫的時候，向同學介紹山水、人物、花卉植物都是國畫可以入畫的題材。當然東西方的藝術是迴異的，連老師也不見能真正了解這些異國文物。

於是我選擇了「花」，成為藝術課的報告內容，渴望以中國人

的角度來介紹這些題材，畢竟這也是自信的所在。找了一些梅、蘭、菊、牡丹的美麗國畫，每種植物都挑了一首詩翻譯搭配，這牡丹的美，便是擷取白居易的〈惜牡丹花〉，牡丹之美讓詩人也要秉燭夜看。

　　記得當時在台上的我是以英語這樣說的：「牡丹是花中之王，在初夏開花，中國人以牡丹花開象徵富貴。唐代一位名詩人白居易說他怕明朝風起時，美麗的牡丹花都被風吹散，所以夜裡也要手持燭火欣賞那火紅似的花兒。其實詩人是要告訴大家，在花還美好的時候就要好好珍惜，莫要花凋謝以後才覺悲傷。你能領略這樣的感受嗎？」

16.
暮過山村

數里聞寒水，山家少四鄰。

怪禽啼曠野，落日恐行人。

初月未終夕，邊烽不過秦。

蕭條桑柘外，煙火漸相親。

「很靜很靜，遠遠便可以聽到山澗溪流聲，整個山村人跡罕
至。」回到千年前，這樣的山村應該到處都是，一點也不稀奇。
可是詩人卻用他自己專屬的苦澀筆調，將「暮過山村」的心情表
現出來。

「數里聞寒水，山家少四鄰。」很白描，也馬上在讀者的眼中
呈現出一幅荒涼、淒清、蕭疏的畫面。一個人身處在這樣的環
境，五官的感受盡是寒意，自然心情就會受到外界的波動，孤
單、害怕、恐懼，各種嚇人的情緒隨四周傳來的怪禽啼叫聲湧
上，無人的曠野也不知藏有什麼樣奇怪恐怖的獸禽，然而日落時
分，昏暗的天空，染得叢林雜草的顏色更黯黑驚悚。

落日恐人行，人的心總因著漆暗產生無限的想像，鬼影幢幢，走在昏暗的荒郊間，疑神疑鬼的恐怖神態，不知道是自己嚇自己，或是真有野獸虎視眈眈的在一旁覷覦追蹤？

　　薄薄新月出來的早，也離去的早，慌怕地走在黯淡山路，突然看到前方有點點相接的燈火。詩人心想，因為遠方的烽煙未到這，所以那一定是山村的人家啊！「蕭條桑柘外，煙火漸相親。」一種放心與感動的溫暖情緒流露出心田，終於，不需要再害怕了，有人家了。

　　暮過荒涼的山村，很讓人恐懼，有時我們走在暗巷中就已經驚慌不已，更何況是面對你所未知的前路。能在極度緊張的時候放下一顆愀緊的心，是一件很難忘的事，你會感動有這樣個地方在那，彷彿在等待著你，讓身邊的一切坎坷淒涼再不可怕。

17. 山行

杜牧

遠上寒山石徑斜，白雲生處有人家。
停車坐愛楓林晚，霜葉紅於二月花。

一般人提到秋天，自然就會想到寂寞的枯樹落葉，自然也會想到團圓的黃菊秋月，於是秋天成了一個很奇特的季節，他在缺與圓中融合存在。

所以，秋天是浪漫人的季節，因為秋天具有引人思懷的獨特魅力，他總可以輕易地喚起人們的詩情，不管是清爽的金風，還是蕭瑟的氣息，一切的一切都是。只是杜牧的「山行」不提秋天的愁思，卻是優雅清爽地訴說著秋天那讓人愛不忍釋的山中風貌。

山勢高緩，山路蜿蜒，順著山徑向上望去，在白雲飄邈的地方才住有幾戶人家。在山林中趕著車，經過山中楓林時，流轉的紅光炫目耀眼，叫人忍不住勒馬停留。四顧這楓林，巴掌大的葉竟然都已由綠轉紅，在黃昏的彩霞閃爍中，夕暉交映，楓葉流

丹，林子染上一片晚霞的光芒，丹紅的霜葉一時比二月的春花還要火紅，還要嬌豔，叫人不捨得離開！

　　火紅的楓，自成了秋天的另一個代言者。只是眞正熟識楓樹的人不多；楓樹喜歡生活在山上寒冷的地方，像是台灣的奧萬大、加拿大都有美麗的楓林，而一般我們所見到的，多只是被我們誤認爲楓樹的「槭樹」。槭樹的葉子很像楓樹，但樹種較楓樹小，那神韻終是不能與楓樹相比評。

　　因爲楓，詩人的這個秋天充滿生命力，大自然的秋色美，秋天的多幻，化爲火紅豪爽的楓葉，詩人豪氣清逸之氣，亦呈現在他所欣賞的事物觀點中。愈寒愈紅的楓葉，在寒冷中更瀟灑展現元氣與活力，於是紅於二月花的霜葉從此潑染出無數個活力旺盛的秋天。

18. 秋夕

杜牧

銀燭秋光冷畫屏，輕羅小扇撲流螢。

天階夜色涼如水，坐看牛郎織女星。

那一年在南半球的紐西蘭觸摸了最絢爛的星空，其中應該也有牛郎織女星吧。坐了好久的車子，終於到了期待的目的地。一路坐著小巴士趕來，已經下午三點多，一下車，太陽好像是假的，7、8度的冷空氣撲面而來，精神為之一振。一叢叢高過人的雜草盤據岩壁上，耳邊傳來潺潺的水流聲，好清新的空氣。只是哪有螢火蟲洞的蹤影？

向一個山洞走去，一人指揮著人群登上一艘小船，是那種有一排排座位的觀景平底船。坐滿了，見那人將船撐了出去，船就這樣靜幽幽地被水流領著走。進入一個未知的黑洞旅程，兩旁昏暗的照明燈加上水波蕩漾，映著鐘乳石洞璘光片片。風從前方襲來，沁入了衣領，沁入了心裡。

突然，眼睛被一點點星光捉住，不，不是星星，是螢火蟲。

螢火蟲滿佈在岩壁上閃閃發亮，就像星空中的銀河，閃亮著迷人銀光。忍不住想站起來伸手去摸摸，卻只捉到涼風陣陣。

　　好美啊，好想告訴身旁那個人；好美啊，好想握住一個人的手，可是身旁那個人我不認識呢。一個人的旅行就是這樣吧，想和人分享的話，到了嘴上卻又吞進了心裡；想牽牽人的手，卻還是只能牽自己的手。恍恍惚惚，還未滿足，河上的旅程就已結束。驚呼聲化為陣陣嘆息，以為星光之旅就這樣，沒想還別有洞天，只是前方必須步行通過。

　　回到地心引力的表面，高低起伏的坑洞與剛才的悠遊呈現對比。但壁上的螢火蟲可仍緊緊地捉住大夥的眼睛。路不好走，但一聲大息都沒有，生怕這些螢火蟲不好好停佇就無情展翅飛走。

　　可笑的是，幾年以後，才知道這些螢火蟲是真正的「蟲」，他們沒有翅膀，是一種會發出螢光的長條蠕蟲，附著在岩壁，並不是那種會飛的流螢。

　　路到底還是有盡頭的，一口氣還憋在胸口，點點星河已在身後，眼前是陽光大地，我的星星們也只能停留在這裡了。

　　「好美啊。」身旁的那個人轉過頭對我說。

　　「是啊！是啊！」同伴們附和著。大家的臉上都顯露出一種滿足又夢幻的表情。原來我們想的都一樣。

19. 題君山

煙波不動影沉沉，碧色全無翠色深。
疑是水仙梳洗處，一螺青黛鏡中心。

　　海的一望無際令人心胸開闊，海的碧藍也讓人留戀不已，海
的波濤則是另一種洶湧的美。同樣水的聚集，湖卻是另一種君子
風貌，湖不似海那麼霸氣，感覺也穩重許多，甚至在山光水色中
更有幽靜神秘之味。

　　風動時，八百里洞庭一時煙波浩渺，詩人形容「氣蒸雲夢
澤，波撼岳陽城」，風平時，湖面波平如鏡，山色濃於湖色，宛如
仙境，雍陶說：「應該是水中仙子梳洗的地方吧？這君山之影沉
凝在水面，多像鏡中仙子的青色髮髻！」雍陶題君山，是從湖寫
君山之倒影，卻使得湖出色了。

　　台灣的，國外的，看過許多美麗的湖，然而我並不特別愛
湖。因為大多數的湖都具備太過幽靜神秘的氣息，使我生有可遠
看而不可褻玩的冷感。

湖多是淡水，所以容易長上青苔，森森涼涼，粼光瀲瀲，妖精們在水中跳舞的幻想不由自主地從腦海裡躍出，這樣的幻念，讓我只能靜靜地凝望欣賞湖的姿態，唯恐任何一個我盪起的漣漪都將驚動湖中的舞者。

　　山水相依往往是最美之處，何其有幸可以擷取那一剎那的美麗，像雍陶題君山，留下這幅美麗意念，君山之影就永遠存在，不再只是鏡花水月了。

20. 瀑布聯句

李忱

千巖萬壑不辭勞，遠看方知出處高。
溪澗豈能留得住，終歸大海作波濤。

李忱就是唐宣宗。宣宗式微的時候，因為武宗顧忌他，所以他就遁入佛門為僧。一日出門遊歷，遇上香嚴閒禪師，兩人便結伴同行，來到山壑邊，發現一座美麗瀑布。香嚴閒禪師看這瀑布美極便道：「我有一上聯，可惜下聯對不出。」宣宗說：「讓我試試看吧。」禪師望著瀑布說：「千巖萬壑不辭勞，遠看方知出處高。」宣宗沉吟一番，便朗聲對道：「溪澗豈能留得住，終歸大海作波濤。」據說後來宣宗竟然僭位，而有人言此聯句正是宣宗託物言志所得。

你也喜歡看瀑布嗎？瀑布的美是千古共賞，但是瀑布在身為瀑布之前卻不是每個人都能看到。近看壯觀的瀑布，磅礴水勢，飛巖轉石，卻不能窺見其出處。惟有從遠處望去，才知道它來自雲煙繚繞的峰頂。因為小小的溪澗並不足以使它安樂滿足，心繫

大海的水，才能不斷地匯集力量，開拓前程，終成崖前飛瀑，奔向波濤大海。我喜歡這首聯句，充滿了自信與決心。

記得那日，站在尼加拉瓜大瀑布前，感受特別奇異。尼加拉瓜瀑布不同於一般懸掛山頭的瀑布，豐沛急流就在眼前平行奔騰，急水夾著寒氣，冬雪非但沒有減緩水的速度，還一同在山勢落差中化為雷聲飛瀑，人在大自然的掌心裡變得脆弱，搖搖欲墜，內心的支柱也被一一沖垮帶走，這樣的震撼讓人渺小極了。

瀑布之所以美是因為他就是瀑布，不管是那一種呈現，總帶給人視聽上的美感震撼，也讓人的意識特別清醒。

一座瀑布的形成，除了豐沛水量，還必須有環境的造就。但是高處不勝寒，多少人還沒爬到高山的一半就直打哆嗦？很多人對環境認識不清，對人認識不清，甚至對自己都認識不清，所以壯志就變成了一種妄想。人生就好像河流中的水，不管喜不喜歡，卻永遠只能往前。人如果不振作，總是虎頭蛇尾，遇到挫折就退縮，非但不成瀑布，還會被瀑布沖走呢！

21. 過分水嶺

溫庭筠

溪水無情似有情，入山三日得同行。
嶺頭便是分頭處，惜別潺湲一夜聲。

坐了好久的車，不會暈車的人都暈了。車子順著山勢爬上頂邊，又從山頂沿著山勢滑下，又爬上頂邊，又滑下，蜿蜒在山路上，一邊是懸崖，一邊是岩壁，沒有退路。

散散心是朋友說的。原本覺得自己不需要，現在更是驚得後悔同意。其實我並不怕死，但是我怕死一半。

朋友一路強調：「那可是一個世外桃源呢！」世外桃源？倒要見識見識。

一路膽跳，終於被放下時，靈魂被綠色包圍了。頂上只有平靜藍天，我們站在山與山中間。走在荒徑中，白石子路發出碎碎聲，蟲鳴鳥叫從四方傳來。走著走著前方傳來陣陣水流聲，迎面一條清澈溪流，興奮地想浸入水裡。

「別急，別急，還得往上呢。」

我們努力沿著岩溪往上走，無情的水倒急著向下奔去。激越的水和石頭不停地唱起潺潺，不禁嘆道有這看似無情的有情水一路相伴真是美妙悅心極了。

　　氣喘如牛，雖然心情輕盈，聽見朋友大喊一聲「到了。」還是如獲大赦。一座山色蔭染的青潭。

　　水霧茫茫飄過青潭撲面來，掛在山邊的瀑布激起水的香氣，開出朵朵水蓮，不間斷地奏出天樂。*潺潺潺潺*，平時只在冥想音樂帶中聽得，現在竟是不敢置信的真實。

　　大自然的宮殿富麗堂皇，拜觀後，終要離去；但身上的芬多精，能不能就此不脫了？染綠的靈魂何時又會再褪？我這個城市鄉巴佬，連溪水都在笑我傻，無論去哪，總是要回程的。不是嗎？只有惜取眼前，掬取這*潺潺*再見聲，將這美景美聲放在心頭，或許還可以回味個幾天啊！

卷二

安養你的靈魂

生死聚散只在一線間，跨
過一絲一毫便是永遠，你
有沒有安定靈魂的能力？

1. 山中

長江悲已滯，萬里念將歸。
況屬高風晚，山山黃葉飛。

　　秋天的季節，高風送秋，黃葉紛飛，散步在這樣的情景裡不由升起各種心緒。是你，你會想到什麼？

　　對於一個遊子，王勃，當然是想歸。大江東流去，遊子日夜長。王勃還有一首「羈春」也寫羈旅之思：「客心千里倦，春事一朝歸。還傷北園裡，重見落花飛。」

　　思歸是不分季節的，不管你走到那兒，這樣的情緒都形影不離。落花，黃葉，都是一番蕭瑟的景況；人被地心引力固著後，便對飄飛的事物有特殊的感受，當飛葉在身邊飄落，雪花空中灑下，櫻花滿天飛舞，沒有人可以抵抗這樣扣人心弦的蕭瑟，詩人當然更是抵擋不住。

　　見過山山黃葉飛，你一定更可以明白這種無法抵抗靈魂被抽離的感受。清冷秋風徐徐，大地覆蓋暗褐色腐葉，走在上方窸窸

窣窣，因爲帶些濕氣，葉子都沾黏在靴子上。

　　離泰安溫泉很近的一個地方，山上有一片樹林，葉子是橢圓形，葉片就像小指指甲一般小，平常是綠的，秋風一到就黃了。

　　黃色的葉子就有黃色的氣質，落，落，落，無聲地飄落滿地，她們不只靜悄悄躲在夜裡落，連白天也大膽地落下葉瓣，完全是眞性情的演出。當站在古木下，落葉配合晚風輕舞，顯得人的步伐沉重。第一次看到這樣的景緻，眼睛傳來的意象撼住腳下，一時宛如根深，竟是離不開那兒。

　　旅行的自己，無念，無思，那一幕卻被複印成生命中樞的一部分，從此一念到山山黃葉飛就彷彿回到那古木下，一掉淚又彷彿山山黃葉飛。

2. 望月懷遠

張九齡

海上生明月，天涯共此時。
情人怨遙夜，竟夕起相思。
滅燭憐光滿，披衣覺露滋。
不堪盈手贈，還寢夢佳期。

「一輪明月從海面升起，雖然我們不在一起，但我想你也正一同欣賞著。想著你，念著你的心情，讓我怨起這漫漫長夜。滅了燭光，月光皎潔地令人孤單；披上衣裳，才知露水濕寒。不能掬捧這一手月光給你，還是回去夢中與你相會吧。」

不知道要怎樣的修緣才能找到一個願意天涯共此時的有情人？

不懂事前，以為相思是一種很美好、期待的心情；懂事後，才知是淒美與難熬的憂悶。

「此情無計可消除，才下眉頭，卻上心頭。」

相思這種情緒正是百般揮之不去，而在為賦新詞強說愁的年

代，對於這樣憂鬱的畫面竟是沉溺似地喜愛，喜愛讓這種心痛的感覺揪在心上，喜愛「心如飄絮，氣若游絲」美麗哀愁的畫面，現在想來竟是自虐。

離開了苦笑強愁的年紀，發現可以長成一個很實際的人，不再喜歡遙不可及的感情，喜歡相思的對象就在身邊，喜歡身邊的一杯溫開水，勝過冬天的太陽。

也發現能夠為一個人相思真是前世修來的福分，因為那代表你的生命中有個很美好的人，他值得你細細思量，細細品味，他讓你一個人的時候，特別是在靜謐的深夜，想起他都容易微笑。

茫茫人海裡，不管是男人或是女人都在尋找，尋找一個可以分享彼此的對方，然而世間難得有情人，有朝能夠遇上就要好好珍惜把握。

3. 夏日南亭懷辛大

孟浩然

山光忽西落，池月漸東上。
散髮乘夕涼，開軒臥閒敞。
荷風送香氣，竹露滴清響。
欲取鳴琴彈，恨無知音賞。
感此懷故人，中宵勞夢想。

炎炎夏日，最愛傍晚暑氣稍退時分，陽光忽落，清涼的月兒露臉，坐在竹軒旁，舒服地將沐浴後的濕髮散乾。晚風輕送荷花香氣，竹露滴在池中發出滴答聲響，好不清靜悠閒。想要彈彈琴，卻又提不起勁，因為沒有知音啊，或許是心有所思，這夜裡睡著的那刻，竟然意外地夢見你。

呂氏春秋中有個知名的故事，楚人鍾子期精通音律，當伯牙鼓琴心裡想到高山時，就聽鍾子期說：「巍巍乎若泰山。」當伯牙意在流水時，鍾子期又說：「湯湯乎若流水。」而後鍾子期過世，伯牙便破琴絕絃，從此不再演奏，認為世上再無知音。

知音是知己，夏晚輕鬆的時分，週遭一切如此美好，想起友人是理所當然。情境換成我們，也愛與人一同分享美好，有言「獨樂樂不如眾樂樂」，許多事總要有志一同才來勁。

　　像是音樂，朋友來家裡時，很喜歡將音樂一塊塊地換上，自己喜歡的音樂如果也得到朋友的欣賞，是一件很令人驕傲的事。像是書，有時讀了一些好書，也會想要介紹給好友讀讀，因為知道他們一定會和我一樣感動。

　　喜歡交朋友，因為朋友是與我們有共鳴的人，相似的價值觀，可以溝通的理念，互相給予安全感，真正的朋友應該是帶給對方快樂的，所以詩人在這美好的夏日傍晚，悠悠地想起遠方的知音，這樣溫柔的念頭瀰漫心中，莫怪睡後要夢見好友了。

4. 九月九日憶山東兄弟

王維

獨在異鄉為異客，每逢佳節倍思親。
遙知兄弟登高處，遍插茱萸少一人。

在王維的時代，遼闊的中國大陸裡，不同地域的語言、風土、民情，都不一樣；而且書信的往來繫在難以期待的雁足，一個漂泊的遊子只有將思念的心情不停地積累在心中。

雖然科技縮短了時空的距離，直接改變了人對時空的感受，但始終無法治癒蝕人心骨的思念心情。

記得剛到國外讀書的時候，生活新鮮好玩，迎新活動酬對不及，加上忙著適應當地的生活，根本不識想念為何物，甚至連遇上殺傷力最強的農曆新年，都未曾引以為意。那時聽學長無奈吟著「每逢佳節倍思親」，只是敷衍地點點頭。

日子久了，生活適應後，才知學長的感慨。適應後的那段時間，不怕孤單，卻怕過節了。

自認從成長後一向和孤單相處的很好，一個人能做許多的

事，可以盡情睡覺，讀書，聽音樂，散步，可以不聽人家的嘮叨，可以不想起任何事，因爲只有自己；這樣一天天的度過，甚至還覺得頗有所得。

　　然而，突然有一天，某種熟悉的味道、某段文字、或某個節日的出現，就像是天外星火倏然殞落，在秋天的草原上燃起濃濃思愁，帶來炙人的大火。

　　一個人旅居在陌生的異鄉，遇上家人團聚的節日，更加叫人想念睽違的親人。這樣的經驗讓我擁有和王維同樣的心情，深刻體會鄉愁的惶恐無奈，只有離開過家的人，才會知道想家又回不了的辛酸。

　　所以，如果你在家鄉，請慶幸你不用讓想家的情緒縈繞心頭；如果你是一個旅人，該更慶幸你身在這個時代，因爲你可以馬上打個電話回家啊。

5. 相思

紅豆生南國，春來發幾枝。
願君多採擷，此物最相思。

傳說有個人死於邊城後，他的妻子因為對他思念深切，哀聲慟哭而死於一株樹下，後來那樹旁邊長出一種奇特的植物，植物結出鮮紅似血的紅豆，所以紅豆又稱相思豆。

溫庭筠有一首南歌子詞：「井底點燈深燭伊，共郎長行莫圍棋。玲瓏骰子安紅豆，入骨相思知不知？」骰子大家都看過，立方體，六個面，上刻一至六點，從前的骰子據說是以牛骨磨成，而那鮮紅的「一」點正宛如相思紅豆，因此浪漫詩人說「相思入骨」。

寫相思的詩也常濃郁入骨，比較起來王維這首膾炙人口的相思卻是最淡的。他只說：「你就多採一些相思豆帶著吧，記得睹物思人啊！」

行腳過許多地方，生命中也有許多朋友來來去去，有過客，

也有念念不忘之交。最多的時候會以攝影機留下最直接的紀念，不過對於過客很少會去擁有他們的聯絡方式，因為總覺得各分一方，中間聯繫的線就像飄蕩風中的蛛絲，很難再有相逢之日，又何必再牽掛彼此的安好呢？所以也從此就將他們擺進記憶的相簿裡，留下一份淡淡的記憶便是。

　　過盡千帆，終是有念念不忘之人，思念這些人的同時，我還自私地希望自己也能同樣地被思念著，於是，便會寄上合拍的相片，將心中思念寄出，附上短短的信箋，只希望勿忘我。

　　不管他們是否會再記得我，想起我，也不管將來是否有機會再見，只想說，請將相片收入你的記憶簿，有朝突然翻閱的時候，會帶著驚喜的心情想起我。

6. 逢入京使

岑參

故園東望路漫漫，雙袖龍鍾淚不乾。
馬上相逢無紙筆，憑君傳語報平安。

天寶八年（西元七四九年），安西節度使高仙芝入朝，岑參被
奏請爲參軍，爲節度使掌理書記，因此西行。當時詩人第一次遠
赴西域，他告別長安的親人們，踏上漫漫旅程。不知走了多久，
在通往西域的路上，詩人迎面遇上一位正要回京敘職的老同鄉。
立馬而談，知道老鄉正要回長安京城，頓時激動地請他帶個信息
回家報平安，而詩正是描寫這樣的情境。

詩人離開長安已經好多天，回頭望去竟是漫漫長路，塵煙遮
蔽。憶起了對家人的思念，不由得激動不已，雙袖是怎樣也擦不
乾這淋漓深情。何等恰巧能與老鄉走馬相逢，興奮地希望老鄉爲
他帶上信息，無奈沒有紙筆，匆忙中更不知要說什麼，所以就傳
個平安的口信吧。

因爲情意眞摯，眞實的畫面與眞實的感動總是歷久不衰。記

得讀過余秋雨的一篇文章，說的是「信客」。信客是舊時一種爲偏遠無郵電的地方傳送信件的私人職業。由於鄉間許多人逐漸外出謀生，這些人少不了要捎一些平安信或是衣物食品，然而沒有郵局，所以就靠著這些信客。信客可不容易當的，必須要懂字，能跑各大碼頭，體力要好，還要有信用。信客廉價地爲遠行者效力，一站又一站，以最節省金錢的方式前進，自己卻成了最困苦的遠行者。然而沒有信客，沒有傳遞的通路，這鄉村與城市就沒了聯繫，親情就眞的成了最痛苦的牽掛。

詩人懷著雄心壯志前進，然而對家人與故園的思念柔情依然牽絆著他的馬蹄，人非草木，怎能瞬間割捨一切的感情？甚至遠走他方，自己都在思念著家人，更可以想像家中的親人們是如何地擔心著流浪天涯的自己，在旅程匆忙中自然激動地只能想到「平安，平安」。

7. 喜見外弟又言別

李益

十年離亂後，長大一相逢。
問姓驚初見，稱名憶舊容。
別來滄海事，語罷暮天鐘。
明日巴陵道，秋山又幾重。

　　十年是一段什麼樣長的歲月？十年可以讓人有著怎樣大的變化？十年可以讓世界多麼不一樣？

　　的確很難想像，我們很難想像自己十年後會是什麼樣子，很難想像任何人十年後會是什麼樣子，更難想像世界十年後又會有什麼不同，十年的時間可以有無數種滄海桑田的可能性。

　　像詩人和自己的表弟相見在十年之後，這十年中因為流離動亂不曾聯絡，失去了音訊，也就逐漸遺忘了，沒想有朝一日竟還能再度相逢，這是多麼難能可貴的時候，當然要把握這相聚一刻好好地敘舊。

　　所以，在這詩中他娓娓地說：「在十年的流離動亂之後，彼

此長大了，竟然可以再次相逢。問你的姓時還只是驚訝，以為是初次見面，說起名字後，才憶起舊日的容顏。這一別是多少的人事滄桑！大家談起來都不覺天色已然入暮，晚鐘也已響起。想到明日你又將前往巴陵，我們之間不知又要隔幾重秋山了。」

　　離別之際，是讓人感傷的，即將分隔重山，不知何日能夠再相見，所以語中自然帶著惆悵難盡的情意啊。

　　「超級任務」應該是大家不陌生的電視節目單元，是個專為人尋人的節目，據說這單元播出後就獲得廣大的迴響，許多人都希望可以尋找回自己過去遺落的一部分人事，而這節目真造了許多功德，製作單位靠著蛛絲馬跡為許多人完滿一樁樁未竟的心願。

　　有人尋找舊情人，有人尋找恩人，朋友，親人等等。某位男星委託尋找從小離棄他的母親，事隔四、五十年，找著的機會真是大海撈針，不過有心人終是可以成功，分隔數十年的血肉至親，得以輾轉相見，還真讓人唏噓不已。

　　別說四、五十年的歲月，光是十年，就足以讓孩子長大，讓人變老。歲月不待人，人們要好好珍惜相聚的一刻啊！要知十年的歲月可以累積多少的情意或是疏離？

8. 江南曲

嫁得瞿塘賈，朝朝誤妾期。
早知潮有信，嫁與弄潮兒。

最恨無信的人，最恨不誠實的人，最恨說一套做一套的人。無信不立，誠信是一種美德，那是建立一切聲望的基礎，有誠有信的人也才為人尊敬。不只是做生意，做人，對待自己的婚姻這更是重要的一個信念。

在這個世紀台灣人遇上的兩性新問題便是台商包二奶的狀況，這個考驗婚姻的機會與命運，使得台灣人離婚的理由又多了一項，這是不可否認的。

原因是什麼？絕大部分是因為距離吧，距離與長時間的寂寞加上許多致命吸引力的催化，人心便掉落溫柔鄉裡回不來了。

總以為身為夫妻就應該同心，不管環境是好是壞，也要排除萬難相處一起。別說山盟海誓，執子之手與子偕老，話很容易說，人的心卻很脆弱，人的意志並不真的像自己想像的那樣堅

強，而如果兩人就近或許還可以互相安慰，互相寄託。至少人在眼前，不需看著電視報紙上的新聞，心頭七上八下，也不會因為電話中離漠的聲音而胡亂猜測。這樣的生活也才是婚姻生活，否則做朋友不更容易？

　　詩人便描繪說：「自從嫁與瞿塘的商人之後，他天天對我延誤歸期。早知潮汐來去自有定，倒不如嫁給那些渡船的。」

　　大部分的男女其實都擁有同樣的想法，希望自己的對象是可以信任的，畢竟兩個人準備要攜手一生一世，誰願意擁有起起落落的人生？那是多不負責任的念頭？

　　男男女女，浮生若夢，願人們都能花開有時，潮汐有信，讓怨人漸少。

9. 遊子吟

孟郊

慈母手中線，遊子身上衣。
臨行密密縫，意恐遲遲歸。
誰言寸草心，報得三春暉。

　　每個人身邊總會環繞著不同的媽媽，自己的媽媽、朋友的媽媽、先生或太太的媽媽、爸媽的媽媽。每個時代的媽媽都有不一樣的特色。

　　我不認為「天下的媽媽都是一樣的」，但是「絕大多數的媽媽」絕對是一樣的，一樣的愛子女，一樣的為家庭付出。因為慈母心，不管經過怎樣的歷史，只要提到孩子，母親的細心都是用毫釐的單位去計量的。

　　一個朋友訴說一段感觸：「真是當了媽媽，才開始學做媽媽，生小孩後才知道媽媽的偉大。一邊要帶寶寶，一邊還要上班，雖然白天婆婆會帶，可是下班後也不好意思不帶回來。晚上還要起來泡奶，有時候小寶寶竟然整晚不睡，我和老公都快被折

騰死了。那天，小孩不小心從沙發摔到地上，鼻子整個擦傷，哭了好久，看了眞是令人心疼。煩的時候煩，一想到他又心軟了，認了，誰叫我是她媽。我看孝子的定義應該是孝順兒子。哪天要上幼稚園，我一定會捨不得……。難怪人家說養兒方知父母恩。」

呂洞賓在渡化世人之時，曾經化作一個賣果子的小販，每個人來向他買水果時他都會問上一句：「這要買給誰吃的啊？」結果攤子擺上了幾天，呂洞賓非常失望地收攤，因爲每個來買的人都是買給兒子吃的，從不見有人說要買給父母吃。

樹欲靜而風不止，子欲養而親不待，時間是不會等人覺悟的。養兒時父母都不會說來日方長，孝親就可以這樣想嗎？

10. 怨詩

孟郊

試妾與君淚，兩處滴池水。

看取芙蓉花，今年為誰死！

　　芙蓉花是蓮花，出淤泥而不染，傲立水中，總是迎著初夏之
風搖曳生香。芙蓉的清新與典雅不需要是藝術家或文學家才懂欣
賞，人們一見到這樣清麗的花朵就已經忍不住要愛上它。

　　這樣絕塵的花中仙子卻被詩人取來作為「見證人」。如何見證
呢？那麼美的芙蓉一定是要濃濃的深情才能被養活的吧，而相思
之情卻是又澀又苦，芙蓉花一定受不了那苦澀的滋味，那就試試
你與我的眼淚吧。將你的眼淚滴在這邊，我的眼淚滴在那邊，哪
邊的芙蓉花兒先死，就是誰的相思情濃了。這樣的情話聽來真是
令人動容，是你願意這樣子比嗎？你敢這樣比嗎？

　　其實愛情會燦爛燃燒，也一定會淡薄，如果兩人不能同心，
愈在一起只會愈相敬如冰，當然會有猜忌不完的心結。兩人長久
相處的秘訣無他，也只有「相敬如賓」，互相敬重，互相信賴，才

有機會共度此生此世。

　　思此，再咀嚼這一浪漫的情詩，彷彿見到一纖纖女子與她的良人坐在蓮花池畔，看著搖曳生姿的荷蓮，女子天眞地訴說著屬於她的情話：「你說你愛我，可是你卻又如此忙碌，每天我想的都是你，你心裡卻還有許多不一樣的東西，到底是誰愛誰比較多呢？我們來比比看吧？」

　　套一句浪漫的廣告詞：「讓芙蓉花見證我倆的愛情」。

11. 寄全椒山中道士

韋應物

今朝郡齋冷，忽念山中客。

澗底束荊薪，歸來煮白石。

欲持一瓢酒，遠慰風雨夕。

落葉滿空山，何處尋行跡？

　　葛洪的「神仙傳」中說，有個白石先生，住在白石山上，煮白石爲糧。對人類而言，這當然是不可能的事，對塑造幻境中的神仙就是必須了。

　　不過，唐朝的道家修練，向來有煉丹、服食「白石英」的說法，當時就有「煮五石英法」，就是在齋戒後的農曆九月九日，將白薤、白蜜、黑芝麻、山泉水和白石英，放進鍋裡熬煮食用。所以既是道家修練之法，詩中的「白石」二字除寫實外，更帶給人仙風道骨的感受。

　　「全椒」是縣名，位在安徽省東部，滁河上游。依此詩題便知曉這全椒山中必有隱居修練的高士，而這道士或許還是詩人相談

甚歡的友人呢。

　　這天詩人或許是獨自在他的高齋中，因著秋意寒冷，忽而想起那在山中客居的道士友人，總是到溪澗底撿柴，再回山上煮白石，修道。想到天寒，便想要取一壺酒，在這風雨夜與他分享，但是秋天的落葉覆蓋整片山林，如何再去尋找他飄忽不定的行跡？

　　見山而住，見水而止。修道的人是這樣的，他的心歸屬於他自己，生活的一切都可以隨遇而安。所以他的來去甚至是空無，如風，簡樸的生活，一心向道，心有千千掛的世間人如何可以覓得著那明心見性的山中客？

　　詩人神行般的筆法是學不來的，淡淡訴說著自己的感受，卻形成充滿悠然韻味的格局，天成的文學造詣怕是誰也模仿不來的吧。

12. 淮上喜會梁川故人

韋應物

江漢曾為客，相逢每醉還。

浮雲一別後，流水十年間。

歡笑情如舊，蕭疏鬢已斑。

何因北歸去，淮上有秋山？

「淮上」在今天江蘇省淮陰一帶，「梁川」則在陝西省南鄭縣東。昔日詩人曾經在梁川江漢一帶作客，當時亦認識了一些好友。那時的他們經常歡聚痛飲，不醉不歸。

想起這段往事，彷彿亦見到當時輕狂的快意畫面。掐指一算，竟然已是十年前的故事了，真是人生飄蕩如浮雲，轉眼時光不留情。

人都是這樣的，想到甜蜜的從前，臉龐不自覺露出微笑，而回憶最有趣的地方，就在於不管你何時將回憶提取出來，回憶就可以在眼前晃動。

故友相逢，歡笑如昨，只是人真的已經老了，這斑斑蕭疏的

霜鬢就是無情的證據。汲汲地過著日子的時候，你會知道日子在過，可是卻會忘記自己的日子也在消逝，不但是忘記而已，還以爲自己仍然一樣地年輕。直到有一天，有人無情地來提醒你，才會驚訝自己不知不覺在流水光陰中又蹉跎了好些日子！

　　不知道是自己問自己，還是朋友問的，爲什麼不歸去？歸去何方？歸去哪裡？漫漫光陰都在流浪，何處可歸？自己想想大概是因爲淮上有秋山嗎？「坐厭淮南守，秋山紅樹多。」留在這兒，是因爲這裡有滿山滿野的迷人紅樹，無數迷戀人的美景嗎？

　　和故人相會是多麼喜樂的事情，而過去和故人的回憶卻輕易地提醒自己年華易逝，一喜一悲中，剪裁出這無限的複雜思緒，留下感傷悵然。

13. 寄李儋元錫

韋應物

去年花裡逢君別，今年花開又一年；
世事茫茫難自料，春愁黯黯獨成眠。
身多疾病思田里，邑有流亡愧俸錢；
聞道欲來相問訊，西樓望月幾回圓？

　　這七律成於詩人晚年在滁州任刺史之時，在詩人赴滁州任職的一年裡，他親身體驗人民的生活情況。

　　當時朝政紊亂，藩鎮割據，國家衰落，民生凋敝，而同年冬天，長安還發生朱泚叛亂篡國的事件，一直到第二年的五月才又由唐王朝收復。在這期間，詩人深刻了解到人民的痛苦與憂患，深是感慨。

　　李儋，字元錫，是詩人的詩交好友，在長安為官。當時詩人遠至滁州就任後，李元錫曾經託人問候，因而詩人便作此詩，寄贈李元錫以答。詩裡面敘述了別後的思念與盼望，更抒發了對國亂民困的內心憂慮與矛盾苦悶。

詩爲寄贈好友，一開頭便述說著離思：「去年春天和你在百花盛開的季節中分別之後，現在又是一年花開時了；世事茫茫是我們所無法預料的，不僅是自己，還有家國，一切的變遷都叫人難以想像，有時想到這些令人鬱悶的事，更是一籌莫展，難有作爲就更覺苦悶不已，只有帶著春愁無奈地睡去。

　　身體多病，讓我興起辭官退隱的念頭；但是一想到自己領著國家的俸祿，卻還是看見人民貧窮而逃亡，自己未能盡責，愧對國家人民，更是不能一走了之。

　　想到這裡，深切地希望你能來相問候，爲我支持勉勵。而聽說你要來看我以後，幾個月來，我一直都在盼望著你，月都不知圓了幾次了？」

14. 望夫石

王 建

望夫處，江悠悠。化為石，不回頭。
山頭日日風復雨，行人歸來石應語。

　　一塊佇立江邊的石頭每天對著江水喃喃自語著：「為了等待你，日日望著悠悠江水，我都已經化為石頭，還是不願意罷休。即使歷經了種種艱苦，依然至死不渝，有一天，等你歸來之時，我一定會向你盡訴相思衷腸。」

　　不知道她等到丈夫了嗎？

　　「等待」是一種對未來、對命運都還存有一些希望的信仰，然而有些人可以因著等待得到救贖，有些人卻必須等上千千世世。

　　我不信仰等待，也不擅長等待，更不同情因為等待而枯萎的生命，因為過去與現在不能被等待，我們能等的只有未來，然而「未來」，就是「不來」，對於這點，年華寶貴的人們，特別是女人們一定要覺悟啊！

　　在感情上喜歡快意恩恨，既然進也一刀，退也一刀，所以我

的態度一向是「要不就給個痛快」；你以爲一定要癡癡地等才有美感嗎？不是這樣的，我也喜歡蘊藉含蓄之美，然而再多的美與愛都耐不過「等待的變相」——「拖磨」，爲一件事拖磨一輩子，值得嗎？

愛一個人，不見得要情牽意絆，時時等候他的消息，時時等候他的改變；愛一個人，也不需要用最消極自虐的方式來驗證自己的愛情不變。

太多的人在這中間拖磨掉最寶貴的青春歲月，所以望夫、望妻的傻夢不要再做了，放了他，也是放了自己。

深深覺得現代的女子好命，好在她有更多的出路，不需要抱著舊時代桎梏的價值觀哀怨地過日子，可以成就更多的事業。

15.
錦江春望辭　其一

薛濤

花開不同賞，花落不同悲；

欲問相思處，花開花落時。

　　看著鏡子裡的倒影，她出神地望著映在鏡裡那兩隻在窗邊翩飛的小白蝶，怎麼連她的小窗台外都來了嬌客？又是春天了嗎？又開花了嗎？她坐在梳妝台前，將長髮盤起，插上珠釵，細細抹上胭脂，端詳著鏡內嬌豔的容顏，該驕傲的她，卻是蹙著眉，因翻飛的蝶，掉進回憶的漩渦。

　　去年，春盛的一日，她與數位姊妹都被包場出遊賞花。只聽嬤嬤一路叨念著：「不要說你剛來我沒有提醒你，多笑一點，嘴甜一點，不要自以為清高，嬤嬤教你的手段要拿出來用，男人嘛，只要你得寵了，就由你呼風喚雨的。」

　　一群花俏的姑娘被迎進王府，王府門宅高大，裡邊還有水池庭園，美輪美奐。這些公子大多是她們見過的。席宴尚未開始，主人家請公子們在花園裡四處欣賞。花兒燦爛，牽動人的眼眉也

笑開了，她貪婪地想看盡這一切，因為身為「風塵姑娘」就要認命，下次不知道什麼時候才能再見這樣的美景。

「美吧。」一位翩翩公子對她說著。

她說：「美，可是終會凋謝。」她心想自己不曾見過這樣斯文的男人。

公子說：「就是因為會凋謝，所以才要生得更美。花也像人一樣要爭妍奪麗，長得美麗，才有人眷顧。」她的心下黯然同意。

因為賞花的緣分，後來這位許公子常常捧她的場，而陪他飲酒作詩成了最令她期待的事。有一段時間，她甚至以為他願意贖她回家。

然而，漸漸地，他不再上她這兒來了；剛開始時，她靜靜地等待著，等到了天寒，花也凋了。不甘心的她才輾轉向其他客人探聽他的下落。

原來，這個多天他已經成親了。

16. 送友人

水國蒹葭夜有霜，月寒山色共蒼蒼。

誰言千里自今夕，離夢杳如關塞長。

秋夕，月寒如水，蒹葭蒼蒼，白露為霜，自今夕始，人隔千里，就算夢中要再相見，怕也是「天長地遠魂飛苦」了。

古人說「慢云小別只三年，人生幾度三年別？」且不要說小別三年，人生有幾個三年可別？更何況此別真以三年計算嗎？

人生是多麼變化無常，總以為來日方長，有的是時間，偏偏我們只能到今夜，喚不回的「今夜」。

薛濤即愁賦詩，不但詩句清麗淒婉，且有委屈含蓄的味道。不知道是送哪位友人呢？

薛濤這位絕色才妓，雖然日日周旋於華堂綺筵與燈紅酒綠之中，但是誰又知道她內心深處的感受與現實生活的天地之別？她只能用自己的情思和詩句，編織一個個淒美的情夢，麻醉自己。

朋友約我，總因忙碌推辭，想的是將來還有漫長的歲月，何

必計較今日一聚。家人相邀，也有說不完的理由，等一下等一下，人生不會縱你蹉跎太久。突然，一通響破寧靜的電話，將迷霧裡的傻夢一巴掌打醒，一巴掌打出汪汪淚水。

「往生？」這兩字是什麼意思？意思是從此後只能在渺然的夢裡相見了嗎？

中國人的生與死互用，生是死，死也是生。有生有死，有聚有散，單獨存在的「生」或「死」，「聚」或「散」都沒有意義，對比的詞往往是在那一剎那，剎那之間，在那一條細細的臨界線上，你才會吃驚那股撼動人五臟六腑的能量。

17. 潤州聽暮角

李涉

江城吹角兩茫茫，曲引邊聲怨思長。
驚起暮天沙上雁，海門斜去兩三行。

　　潤州在今天的江蘇省鎮江市。江蘇地處水鄉澤國，江流悠悠，更易觸發遊子思鄉的情懷。畫面中，詩人身影飄飄，佇立船頭，望著茫茫江面，低沉的號角響起，霎時，悠游江上的群雁驚動地振翅飛去。而被暮角驚起的鴻雁乍然向晚天飛去，原本尚有生氣的江面，卻獨獨留下一個也被號角聲震撼卻身不由己的孤獨詩人。

　　想聲音是人與外界最直接的接觸，雁群聽到了陌生聲音所以急於逃離危殆，而人除了這種原始的本能以外，更因為聲音讓人產生各種不同的情緒。

　　能驚飛沙雁、撼動詩人的黃昏鼓角必定是悲涼低壯的。號角是邊地軍中號令之器，對於李涉，聽到這樣陌生的聲音難免教人聯想到自己正處於異地。

李涉是北方洛陽人，在文宗的時候，因爲犯了錯被皇帝南放到今天的廣東德慶，此詩應是他在遷謫途中所作。

　　思及遷謫，不但是有家歸不得，還只能越走越遠，因爲身在朝廷，命運掌握在朝廷手上，千萬般的身不由己，異地思歸的心情自是不在話下。造成詩人敏感多思的生命陷困在無形無止盡的牢籠之中，這牢籠是鄉愁、是有志難伸、是恥辱、是無奈、是難以反抗……多麼痛苦！

　　這樣的牢籠四處存在，其中最可怕的是無期徒刑的「心牢」。當我們桎梏在心牢裡時，絕對會因爲不甘願而生怨，一旦怨長心牢就更難假釋，看著自由來去的飛雁，自然又羨又無可奈何了。

18. 竹枝詞二首　其一

劉禹錫

楊柳青青江水平，聞郎江上唱歌聲。
東邊日出西邊雨，道是無晴還有晴。

是「晴」還是「情」？只要「有」，不管是哪個晴，都是叫人歡喜的，中文借字之巧妙，正展現炎黃子孫含蓄之美。

戀愛少女來到了青青楊柳，鏡面江邊，忽而耳際傳來了心中意愛的郎君歌聲，少女的心不禁小鹿亂撞，臉龐都紅了。含笑的眼神等待經過的有情郎多望一眼，猜測著今天的歌聲是不是為我而唱。

中國地大物博，多的是不一樣的婚禮習俗，可是少女的熱情與矜持如出一轍。矜持的心來自於意中人的心情難以捉摸，就像莫名的梅雨季節，一會雨一會兒晴，到底是有意無意？是有情無情呢？

中國南邊一帶的許多少數民族，就有互相以歌聲唱和情意的求愛習俗，他們的熱情直接叫許多優柔寡斷的人汗顏。不過，如

果像「走婚」這樣的文化對一般人就太刺激了。

中國瀘沽湖邊的女兒國求愛的方式較今日開放的社會更「猛」，女兒國至今還存留母系社會的運作，男女十二、三歲就算成年，成年後母親會為女兒留一間花房，只要女兒有喜愛的對象就可以在夜裡來到花房留宿，如果少女不再喜歡男方，只要將他的鞋襪衣物丟出房門口，男方看到了也不會再來糾纏，倆方各去尋找下一段姻緣，這樣的方式叫做「走婚」。如果女生有孕也是留在女方家由舅舅扶養長大，女兒國裡沒有男方家親戚的稱謂，像是爸爸、伯伯、叔叔、嬸嬸之類的呢！

聽起來很不可思議，習慣一夫一妻制的規範，覺得含蓄是一種美德，戀心更是一種難得的忐忑之情，哪知到了女兒國，詩人的含蓄之美就不算美了呢！

19. 與浩初上人同看山寄京華親故

柳宗元

海畔尖山似劍鋩，秋來處處割斷腸。
若為化得身千億，散向峰頭望故鄉。

　　一個音樂家，看到海畔尖山，想到的是躍動的音符、節奏；一個畫家，看到海畔尖山，想到的是漂浮出的顏料色塊；一個詩人，看到海畔尖山，想到的是沉著痛快的瑰麗文字。因此同樣的景物裡有千萬種不同的冒險，而在各種想像空間中，詩人留下這一段如歌、如畫撼人衷腸的奇魅詩句。

　　秋天蒼涼的風處處吹著，站在山上回望故鄉，這像劍鋒的海畔尖山，將人的愁腸割的寸寸斷，思望故鄉卻歸不得，一雙眼睛還覺得看不夠，怎麼辦？所幸這兒山山都可以望故鄉，為了滿足自己深切的渴望，只好幻化千億分身散向峰頭了。

　　碎思萬段，很激烈的想像，可以想見詩人心中波濤洶湧的情感。

　　人的情是這樣的，當愛恨情仇都少少的時候，這個人就可以

是淡淡然，很平靜，過著平凡素心的生活。當人的愛恨情仇很多時，這個人通常也很難真正的快樂，即使笑起來眼神中也彷彿帶著一股漠然，因為他將情殤壓凝成一大塊，冰在心底。

詩人他是屬於後者吧，只是被加溫解凍的情緒變得不再穩定，擴張，再擴張，在尖山上將他碎成片片，千億的片片化身同時也向你說明他無盡難言的情緒。

浩初上人是龍安海禪師的弟子，詩人與他一同看山，在微妙的感受下，自然將佛經中「化身」的說法取來寄情。這樣的詩篇寄給「京華親故」是有意義的，意在訴說著自己淒慘的心情，極度渴望的歸思，希望朝中的舊友可以一伸援手，好幫助他回故鄉啊。

20.
遣悲懷　之二

元稹

昔日戲言身後意，今朝都到眼前來。
衣裳已施行看盡，針線猶存未忍開。
尚想舊情憐婢僕，也曾因夢送錢財。
誠知此恨人人有，貧賤夫妻百事哀。

　　元稹的元配名韋叢，韋叢是當時「太子少保」韋夏卿的小女
兒，二十歲的時候嫁與元稹，卻在七年後香消玉殞，之後元稹作
了許多憶妻的作品，遣悲懷三首更盡訴其中哀傷，首首讓人深感
元稹憶妻的情意真摯，在樸實中現深情。

　　「昔日，開玩笑地談到身後事要如何如何，今天竟然在眼前應
驗了。你所留下的衣物已經都快送完，只有你的針線盒我一直不
忍打開。對待那些伺候過你的婢僕我也特別有情義，曾經因為夢
見你，想你是否需要些什麼，便趕緊燒冥錢寄與你。知道生離死
別的遺憾人人都有，但只要一想起當年我們夫妻貧賤相依的情
景，還是令人哀痛啊。」

中國人神鬼託夢的集體潛意識文化由來已久，人們認爲「託夢」是有所求而來，也或許是在陰界生活中缺了什麼，所以元稹趕緊依照民間習俗燒化冥紙給亡妻，多寫實的畫面。

　　連幽魂都需要錢來使喚，更別提活生生的人了。「貧賤夫妻百事哀」這話傳了千年還是熱門的句子，只是意義變了，不再是元稹當初的深意。想元稹應是以爲現在的他已經俸祿十萬錢，卻沒能與妻子共享富貴，想起當初貧窮共患難的情景，在永訣之後一切更是哀傷。而現在我們說這句話，都是直借話面的意思「身爲貧賤夫妻是十分悲哀的。」當然，贊不贊同這想法就見仁見智了。

21. 聞樂天授江州司馬

元稹

殘燈無焰影幢幢，此夕聞君謫九江。
垂死病中驚坐起，暗風吹雨入寒窗。

信已經是年少的記憶，以前常常寫厚厚的信，有電子郵件後，字不用寫，用打的，方方塊塊的字刺眼，也失去味道，雖然方便，可終是虛擬，一場病毒就能將這些相知相惜的記憶銷毀，哪像詩人們的友誼一傳千古。

元稹與白居易是很好的朋友，因爲遭遇相似更惺惺相惜。當時，元稹早些被貶至通州（今四川省達縣）任司馬，身染瘴疾，差點病死，忽而獲知白居易蒙冤被貶江州司馬，內心陡然一驚，滿腹悵然，故書下此詩寄予好友。讀這詩不爲之動容者很少，連白居易都說「至今每吟，猶惻惻耳。」

不好的消息總叫人心驚，一驚就會覺得慌亂，這時當然燈、雨、風、窗都變得又殘又暗又寒，這些描述哀景的詩句，更加深詩人哀淒心情的寫照。一聽聞樂天君謫九江，連垂死病中都會驚

坐而起，這友誼是何等深厚？千萬種情緒、擔心都在這時間片刻湧上，瞬間閃過種種畫面，唉，暗風吹雨入寒窗，一切盡在不言中。

　　白居易在元稹初被貶至江陵的時候，也曾經因為聽到信差來了，迫不及待要知道消息，而有「枕上忽驚起，顛倒著衣裳。」的畫面。元稹與白居易一直有魚雁往返，他們討論了許多話題，留下了好些詩篇，元稹的「得樂天書」在其中就顯得可愛了：

　　「遠信入門先有淚，妻驚女哭問何如！尋常不省曾如此，應是江州司馬書。」

　　還沒看信的內容就傷心掉淚，妻女驚恐極了，急著問怎地又忽而領悟，哎呀，能讓微之如此關心的人自然只有白樂天了。

22. 六年春遣懷八首　其五

元稹

伴客銷愁長日飲，偶然乘興便醺醺。

怪來醒後旁人泣，醉裡時時錯問君。

感動是心靈的相通，當下就能知道彼此的快樂或悲痛。

很久以前，隔壁八十歲伯公的老伴因為久病纏身過世了，聽聞這個消息對一個年輕的鄰居來說沒有什麼特殊意義，不是因為冷血，是年輕的自我。只是發現自己的媽媽因為這事也變得百感交集，這樣濫情的表現，反惹得一個叛逆的生命更心生嫌惡，心中還直唸「不過是死個人嘛！真是！」

隔兩天，在巷口看見他的孩子們都在忙著處理喪事，只有伯公孤零零地坐在矮凳上，眼神呆滯地垂望前方地面，而我身上的雞皮疙瘩在瞬間全都立正站好。才兩天的時間，伯公瘦成一把骨頭，滿臉鬍渣子，眼泛血絲，連頭髮都一夕變白。這不是小說裡的情節嗎？真這麼誇張？

做頭七時，伯公哭了，我一直不以為老人會哭，老人應該是

很嘮叨的才是。那天他低泣著「你回來啊！回來帶我一起走！」老伴走後，世界彷彿只剩他一個人，他不再出門散步，變得更安靜，或許是一種放棄的意念，沒多久他也離開人世了。

　　長大後，才知道年輕的快樂與愚昧。快樂在於沒有情感框框的包袱，世界任其予取予求。愚昧是不懂人間的眞情摯愛，不懂失去的痛。

　　不過，即使年少無知，這一幕也因爲驚訝被一輩子複印下來，懂事後腦海再閃過這一幕才眞正明白。

　　元稹說，整日陪客以酒澆愁，偶一乘興就喝得醉醺醺。沒想醒後旁人都在拭淚哭泣，他們說我昏醉時都錯叫別人是你。「你到底去了哪裡？你回來啊！」

23. 問劉十九

白居易

綠蟻新醅酒，紅泥小火爐。
晚來天欲雪，能飲一杯無？

劉十九是誰已經是不可考了，可以確定的是這詩成於白居易在江州（今日江西）任司馬之時，由此推測，劉十九定是詩人在江州的好友。

一首小詩，情意款款，質樸醇厚，送到了好友的手裡。

「我新釀的米酒，還未過濾，上面還浮著綠色如蟻的酒渣，小火爐燒得旺盛，溫暖滿室。一場暮雪眼看就要來臨，好友，何不前來一同圍爐對酒？」

酒和朋友在生活中是結了緣，所謂獨酌無相親，酒逢知己千杯少，酒沒有配上好友，好友沒有加上酒，肯定就是少了韻味，少了情意。

詩人將一切準備好後，向劉十九問了一句：「能飲一杯無？」

來吧，來吧，我的好友啊，除了新酒開封，還有滿腔的情意

要與你分享啊。想劉十九見了詩人的短箋後，一定迫不及待地備車前往。於是，好友兩人一同圍著紅泥火爐，喝起新釀的酒，滿室的溫暖逼走天外寒冷飛雪，臉頰泛起微醺的橘色，身心都醉了。

　　醉的愉快，醺的開心，與好友分享的快樂勝過獨自擁有。看過許多人緣極佳的人多是懂得分享，他能適當地分享自己的喜悅與悲傷，適當分享自己所擁有的一切，還能適時說明自己的情緒。也有些人自傷說自己沒有朋友，其實有時不是真的吝嗇，而可能是他不懂得如何適當分享造成的呢！

　　「分享」兩字說來容易卻是需要學習，最好的方法就是在分享的後面加上一個體貼的「？」就像是「能飲一杯無？」才是成功的分享之道。

24. 贈鄰女

魚玄機

羞日遮羅袖，愁春懶起粧；
易求無價寶，難得有心郎。
枕上潛淚垂，花間暗斷腸；
自能窺宋玉，何必恨王昌。

　　根據唐人的記載，魚玄機是長安人，原名幼薇，字惠蘭，玄機是她入道後的法名。人們談到她，大半認為是古今少有的絕艷才女。到底她是如何絕艷，只有當時溫庭筠這些詩人見過，我們也只能想像了，不過魚玄機倒留有許多清雋的詩文足以證明她的多才。

　　魚玄機十七歲的時候，因為家貧，被迫嫁與官職左補闕的李億作如夫人，雖然李億寵愛魚惠蘭，卻使她招致大夫人的妒恨，最後惠蘭終於下堂求去。下堂後，她成了四處漂泊的流浪婦人，只好遁入空門，取法名玄機，作了一個莫名其妙的女道士。不過據說她對李億的情意尚在，以後便寫下這首別詩。

「很久不曾出門見日了，眼睛竟是睜不開，趕緊以羅袖遮著白亮亮的日光。春天不過是憑添憂愁的日子，沒有人會來欣賞我的美麗，又何必妝扮！唉！無價寶易得，有情郎才是難得啊！

自從離別後，我的眼淚夜夜浸濕了睡枕，看著美麗嬌豔的花兒，心腸卻是碎斷，眉頭就是舒展不開。何必呢？心中幻想著神人相戀的淒美故事就好，又何必再去想薄情的郎君！」

世上的東西大多可以用錢買到，東西也都可以被換算為金錢。不管是無價或有價的事物，只要擁有者願意割愛，都可以易主。事事總有例外，就像「愛情」這回事，永遠不屬於買賣市場的一部分。人可以買他人為奴隸，可以買他人的身體，可以用無限的金錢架構出一座美麗的愛情城堡，卻是買不著人的「意志情感」。

所以，「愛情」這回事，是老天爺安排來捉弄世間癡情男女的吧？

25.
無題

李商隱

昨夜星辰昨夜風，畫樓西畔桂堂東。
身無綵鳳雙飛翼，心有靈犀一點通。
隔坐送鉤春酒暖，分曹射覆蠟燈紅。
嗟余聽鼓應官去，走馬蘭臺類轉蓬。

「昨兒有星光又有微風的夜晚，我們在畫樓的西畔，也就是桂堂東側的地方相見。我沒有像彩鳳一樣的雙翅飛到你身邊，心卻靈犀相通。記得和你在一塊時，為行酒令，隔著座位送著鉤兒相藏，那春酒到口是暖的，在紅燭光搖曳下，我們還玩著猜謎的遊戲。只嘆我現在每天聽著鼓聲上朝去，騎著馬來去秘書省之間，像是那轉來轉去的蓬草一般。」

據說，這詩是李商隱在朋友王茂元家中偷窺他家閨人所作。話說不能聚會，可是那想相見的心是相印的。

唐詩中有一種艷詩體，就是事艷，情艷，景艷，人艷。但要艷得清雅幽嫻，不要艷得輕薄猥褻，其中華麗的語藻與癡情的口

吻都是一大特色。所以艷體詩要作的好實是不容易。不說，大家
也曉得李商隱便是這類詩的高手，他有許多香豔無比的「無題」
詩都是讓人感動的癡情經典。

其實有太多讓我們感動的作品，當我們被這些作品所感動的
時候，我們並不在意這位作者是不是個好丈夫或好父親，也不在
乎他是不是情感的背叛者。好比紅樓夢的作者曹雪芹也是個火山
孝子，他潦倒窘迫，妻小還不得溫飽，賣畫得來的銀兩便已全貢
獻給酒家錢櫃。

前一陣子的某位名作家、名主持人兼兩性溝通名嘴，他在媒
體形象中是一位好丈夫、好爸爸，也寫了許許多多為青少年成長
及男女溝通的暢銷書。一日某周刊將他早已婚變的消息揭佈後，
霎時震驚許多良善的父母親，以及許多正在抱怨自己的另一半不
像他的女人們。

沉淪的現實，好似讓這些藝術家們在幻想中必須有所彌補救
贖，他們在矛盾掙扎的內心世界裡激盪出更卓越的作品。所以，
文學不在乎現實的背叛與泥濘，只在乎心有靈犀一點通。

26. 聽箏

李端

鳴箏金粟柱，素手玉房前。
欲得周郎顧，時時誤拂絃。

「欲得周郎顧，時時誤拂絃。」周郎指的是周瑜，據載他精通音律，只要聽到彈曲有誤，必定顧望。事實上，一直到現在這都是很寫實的畫面：一位彈箏的女子，為了博得情郎的注意，時常故意將旋律彈錯，吸引情郎的回顧，好製造兩人眼神的交會，讓故事可以繼續發展下去。

其實如果以這招來吸引情人的注意，可是心理戰術的高招呢，因為這方式的確能有效引起人們的注意力。

就像詩中描繪的情境，幾年前一部詼諧日劇「惡作劇之吻」正是標準的教戰手冊，女主角為了吸引聰明絕頂的男主角，從第一集努力迷糊到最後一集，使得討厭她的男主角再也難以不注意她，最後習慣她的存在後也被她的毅力所感動。

我們習慣世間所存在的事物，尤其是日常生活所接觸的一

切，有時候突然來個轉變一定讓人不能適應。不可否認，人們不喜歡缺，可是缺卻比圓更迷人，因為「缺」具備更引人目光的要素，好比弦月比滿月更具有可以被研究的神秘角度，有時候人的衣服還故意要剪出一個個坑洞，來造成視覺上的刺激。

　　而音樂是一種很神奇的存在，就像是神造的奇蹟，天使走過的痕跡，那曲調與節奏是經過一而再，再而三，最後協調琢磨出來的。彈奏時一旦走了音律，人的耳朵隨時跟著一振，所以人愛完美，不過有趣的是，能夠吸引人的注意大多不是因為完全的完美，更多的時候不完美比完美更引人注意，因為不完美，我們才有更多可以努力的空間。

七情六慾的靈魂

悲愴的、怨恨的、狂妄的、
憤怒的,自有它們該去的地
方。

1. 送杜少府之任蜀州

王勃

城闕輔三秦，風煙望五津。
與君離別意，同是宦遊人。
海內存知己，天涯若比鄰。
無為在歧路，兒女共沾巾。

唐詩的送別總比宋詞要來的瀟灑，氣魄也開闊的多，雖然唐詩少有宋詞的黯然消魂，心中悲酸傷別之意卻昇華的更爽朗，王勃的送別詩正是如此的寫照。

昔日項羽滅秦後，為了分封秦朝的三個降將，並期待他們能夠輔持拱衛長安城，所以將關內地分為三份，稱三秦。而五津，則是指蜀川岷江上的五大渡口。

「從長安遙望蜀川，視線被迷濛風煙所遮。我與你同樣遠離故土，宦遊他鄉，這次的離別不過是客中之別，又何必感傷！身屬官職，為國遣喚，官家子弟最能明白這樣的情形。」

大學時代認識一位朋友，是個令人印象深刻的人。在人群

中，他很快就與人打成一片，作風豪邁開朗，結交各路朋友。原來他的父親是外交官，從小就跟著來去各方，往往結交一些朋友後，又要說再見，剛開始的別離，令年紀小的他相當難過；幾次以後，逐漸適應這樣的遷徙生活，也就釋懷了。

認識他後，知道他也有如王勃的想法，只要生命中能有一、二個知己，彼此了解，情意能夠交流，就是各在天涯也如在鄰近，四海之內都可以是兄弟，所以何必在臨歧處，學小兒女掉淚！

人活得愈久，送別的次數愈多，發覺當朋友替自己送別是如此為他們的情摯深意感動；也發覺在送別之中感觸比較深的也常是被送之人，被送之人即將遠去，生命面臨不可知，更是頗多感慨。所以送別者只好說說「海內存知己，天涯若比鄰，寬心吧。」

2. 明河篇節選

宋之問

明河可望不可親，願得乘槎一問津。
更將織女支機石，還訪成都賣卜人。

　　傳說，漢武帝曾派遣張騫出使西域，尋找黃河的發源地。

　　張騫帶著一批人乘著皮筏子沿黃河逆流而上，不知行了多久，經過月亮，轉入銀河，來到了一座美麗城池。這城市美輪美奐，街市繁華，盡善盡美，勝過人間一切州府。

　　張騫一行人充滿驚奇地走著，經過河邊遇到一個像莊稼漢的漢子正牽著牛飲水，便上前問漢子，這是什麼地方。

　　漢子笑著回答：「你回去後，再去問嚴君平吧。不過既然千里而來，就到舍下喝喝茶吧。」於是，張騫一行人便跟著那漢子回家，進到漢子家中，恰巧見到一位美麗的女子正在織布。女子見了來客，便停下手邊工作，與丈夫、客人話起家常。臨別時，女子贈與張騫禮物，以為紀念。禮物潔白剔透，宛如美玉，是張騫他們不曾見過的東西。

張騫返回後，在四川找到了嚴君平，向他說起這段經歷。嚴君平是西漢隱士，一生不入宦途，曾經在成都靠卜筮維生，只要一天賺上百錢就收攤回家讀《老子》。

　　嚴君平告訴張騫：「你是遇上牛郎織女了，那件禮物正是織女用來支撐織布機的一塊石頭。」

　　這就是支機石的傳說。

　　據說這詩是宋之問要作給武后看的，當時宋之問想做北門學士，但武后因為他有口臭不喜歡他，所以不允許。

　　而宋之問寫這詩的意思是要武后不要像天上的銀河一樣可望不可親，要給他機會乘槎問津，最好讓他做大官，不要得了支機石，還不知道那是寶物呢。唉，一個詩人至此，莫怪人說他人品低落了。

3. 留別王維

孟浩然

寂寂竟何待，朝朝空自歸。

欲尋芳草去，惜與故人違。

當路誰相假？知音世所稀。

只應守寂寞，還掩故園扉。

　　每個人生活的目標都不一樣，有人喜愛名利財富，有人重視自我生命價值的提昇。追求名利財富的人很辛苦，他們受制於外在條件，必須接受命運的捉弄，必須接受他人的評判。

　　於是，比較起來，懂得追求自我心靈提昇的人終究是較幸運的一群，因為他們靠的是自己，對於生命意義，自我認同也高，他們懂得自我解脫。

　　「在京中寂寂的生活究竟能期待些什麼？每天都是懷著一無所得的心情歸來。想歸故園，尋找那萋萋芳草，又惆悵著要與老友分別。當朝的大官誰有舉賢胸襟？世上知心的人終究是稀少的，還是守著這一份寂寞，回家關住故園的荊扉吧。」

仔細檢閱，追尋名利的生活，是很空虛的。當你長期不成功時，門庭寂寂羅雀，每天單調辛苦，卻發現自己更陷入自我糾纏的泥淖裡。

　　這時，人往往有兩種極端的選擇，一是繼續自我綑綁，一是看破紅塵。抑鬱不得志的詩人選擇離開這可以出人頭地的城市，到底願意推舉能人的人不多，而知音又是何等稀少，既然每日在京都無所意義，不如歸去。

　　詩人選擇離開這個慵碌城市，甘於寂寞，是多麼有勇氣。畢竟四十歲也該不惑，但有多少人能在不惑之年承認失敗？

　　既然不願為牛尾，只有回去屬於自己的世界，寧願將來的生活有意義，也不願意再繼續沉溺不得志的世界。

　　回去吧！在自己的世界裡自得其樂，這種隱居避世的寂寞心情，可以理解。

4. 閨怨

王昌齡

閨中少女不知愁，春日凝粧上翠樓。
忽見陌頭楊柳色，悔教夫婿覓封侯。

　　守在深閨的少婦，從來不知道什麼叫做憂愁。春天，她細細地妝扮好自己後，走上華麗的樓閣上欣賞春景。忽然看見路旁楊柳已經青翠，想起當年折柳贈別，自己現在卻落得形單影隻，孤獨寂寞，心中不禁懊悔當初怎麼會教丈夫離家追求功名？

　　即使在現代，這樣的情況都是一種兩難的局面。女人希望自己的丈夫、孩子有出息，但又不願意她們離開自己的身邊。不離家工作、讀書，被人嘲笑沒有志氣，離開了家，卻又讓在家的人擔心、寂寞。

　　人為了成功二字往往要犧牲很多年輕時認為是次要的事物：家庭、健康、青春、親情、一切的一切，然而這些事物一旦逝去是絕對不可能再挽回，也再無後悔的餘地。想想有多少人正對著逝去的光陰後悔著？又有多少人正懊惱著自己曾經做過的決定？

試想，只有這位少婦在怨，她的夫婿就毫無怨懟嗎？

　　也別怨當初太年輕不會想，因為除非當時你已有現在的經驗與感受，否則就算再重來一次，你也會做同樣的選擇。

　　所幸現代的都會男女對於人生都有更多的選擇，男人不一定要遠走他鄉，女子也不一定只有依附等待，現代人對成功的定義更是大大地顛覆傳統；更重要的是，要想辦法跳出自我的困境，在做決定之前仔細考慮，多聽聽別人的意見，就算結果不如預期，也不需後悔，因為現代人更有智慧去面對自己的生活，在生活中成長。

5. 涼州詞

王翰

葡萄美酒夜光杯，欲飲琵琶馬上催。
醉臥沙場君莫笑，古來征戰幾人回？

「就讓我儘管地喝吧，即使喝醉了睡在沙場上，你們也不要笑
我，自古以來，在外征戰的人，有幾個能安然回來呢？」

對這詩我個人反倒喜歡另一個角度的解讀。

清人施補華提及這末兩句詩：「作悲傷語讀便淺，作諧謔語
讀便妙，在學人領悟。」

如果做這樣的看法，這末二句就不再是宣揚戰爭的可怕，也
非表現對軍人生活的倦怠，更不是感嘆生命的不保。回頭看看那
狂歡的場面：琵琶激越奔放的節奏，使得將士們起身跳起雄壯輕
快的舞步，比畫著刀劍，舉著盛滿葡萄美酒的夜光杯，吮喝地喝
著。你斟我酌，越喝越激情，酒酣耳熱，終於有人醉了，也有人
放下了酒杯，這時只聽座中有人喊著：「怕什麼呢？再喝再喝，
醉就醉了，就算我醉倒在戰場上你們也不要笑，我們不是早就視
死如歸了？」哈！「醉臥沙場君莫笑，古來征戰幾人回？」不是

勸人飲酒之詞嗎？

　　快意恩仇，豪放不羈，是人人希望，但有多少人能夠如此？我們一向受限在許多的框框裡，不但在自己的框框，還在別人的框框。人們總驚懼著別人的目光，害怕著別人的閒言閒語，怕被笑，怕被討厭，怕被排擠，所以有多少人可以真正活出自我？

　　常常總是物喜己喜，物悲己悲；甚或己喜物喜，己悲物悲；久而久之，成了一種窮酸之氣，沒了自己的格調，也限制了自己的眼界，所以這種氣質才真該讓人害怕。

　　因此，怕什麼呢？有時，何妨給自己多一些額外的勇氣和多一些豁達氣度。

6. 別董大

高適

千里黃雲白日曛，北風吹雁雪紛紛。
莫愁前路無知己，天下誰人不識君。

　　董大，據考可能是唐玄宗時的一位琴工，名董庭蘭，是位超乎名與利的琴中高才。「別董大」還有其二，說到：「六翮飄颻私自憐，一離京洛十餘年。丈夫貧賤應未足，今日相逢無酒錢。」詩人自憐說，就像是飄飄的鳥羽，一離開京城就是十餘年，今日相逢竟是窮到沒有酒錢。由此可見，這是詩人早期不得意之作，雖然是這樣，詩人也勉勵朋友「莫愁前路無知己，天下誰人不識君。」不必憂心，憑著你的能力與名聲，不怕沒有知己，你就勇敢地去遠方探險吧！

　　高適是一個很會運用景色的詩人，他說夕陽西沉，落日黃雲，大野曠闊，北方的冬日，風雪紛飛，而遙空斷雁，日暮天寒，遊子何往？景色之蒼茫，將離情如雪潑灑在大地，雖是贈別，詩人亦是抑鬱才能有如此貼切的言語吧。

飄雪的天總是凝重，厚厚沉沉的雲，壓的人喘不過氣，飄雪的天也多會帶著淒風，在這種天氣送別，更多的是呼呼吹來的悲意。在這悲意之中藏著對知己的心情，更道出充滿信心與力量的壯士別語。

　　雖然要分別了，卻可以覺得董大一路一定會平安，也可以在未來的前方開創新的局面。就好像許多人願意離鄉背井，到新的城市去努力，雖然一切必須重新開始，而他是有信心的，因為相信自己的能力一定可以被肯定，一定會成功。

　　不需要為自己未知的處境太過憂心，人的落魄不會永遠，只要有才華一定不會被埋沒。所以勇敢地去探險吧！

7. 醉後贈張旭

高適

世上漫相識，此翁殊不然。

興來書自聖，醉後語尤顛。

白髮老閒事，青雲在目前；

床前一壺酒，能更幾回眠。

「我看世上的人都愛濫交朋友，只有你這位老翁，卻不是這樣。興之所至便書寫出令人驚嘆的聖手作品，喝醉以後更說出豪放顛狂之語。雖然頭生白髮不再欲與人一爭風雲，但是清閒的時刻倒少了。只要床前有一壺酒，就可以開開心心換取好眠，然則青雲之路就在眼前，不知你能有幾次好覺？」

詩人的詩正是贈與張旭，張旭又是何許人？杜甫曾詠：「張旭三杯草聖傳，脫帽露頂王公前，揮毫落紙如雲煙。」

張旭是蘇州吳人，玄宗時為書學博士，而說張旭或許人不知，但若說起「草聖」，可能很多人就聽說過了。張旭不只精通書法，連作詩也不含糊，當時他與賀知章、張若虛、包融，號稱是

「吳中四士」。

　　張旭喜歡飲酒，而且很會寫草書，每每喝醉後，就以一種瘋狂的姿態書寫出自己奔放的感受。據說他還會以頭髮濡墨寫字，等酒醒後，連自己也佩服自己出神入化的作品。當時人稱他張顛，他的草書可是和李白的詩並稱世間絕品呢！

　　人生所爲何事？很多人總想要在自我快意中渡日，可是有多少人可以放下名利的薰誘？有多少人可以眞正去享受生活？

　　很羨慕這樣的人，他可以恣意選擇自己生活的風格，他的顛就是他的眞，他的豪邁才氣更造就他別具一格的藝術家風範，這是學不來的人的氣質與格調就是在這兒分出。

　　雖然人們以爲張旭身置於天子皇朝之間必然會逐漸束縛他的悠閒，不過以張旭一個具有藝術家性格的人最終還是脫帽露頂王公前，揮毫落紙如雲煙。

8. 怨情

美人捲珠簾，深坐蹙蛾眉。
但見淚痕濕，不知心恨誰？

　　容貌美麗的女子將窗上的珠簾捲起，她皺著雙眉在屋裡靜靜
地坐著，只見淚水濕成一片，卻不知她心中在惱恨著誰啊？

　　或許是男人變了，愛情走了，所以她恨。但是李白讓她恨的
很美，很哀怨，很含蓄，很無奈。

　　如果這是一幅畫，讀來都可以想像的到美人痴怨的淚濕模
樣，淚不停地因為心痛而滴落，止也止不住，想過讓淚停下，卻
嗚咽地更悲傷。

　　啊！那一個曾經讓自己用生命去愛過的人，竟然也是最容易
傷害自己的人啊。

　　過去的世界，期待的是良人，可以依靠一輩子的強壯肩膀，
其實那都是男人與女人們幻想出來的假相。遑論一輩子，有誰的
肩膀讓人靠一天還可以不酸疼的？

就好像許多女人不會開車，因為有男人接送。許多女人不會搬重物，因為有男人去搬。許多女人總是迷路，因為男人會認路。許多女人不會報稅，因為男人會去做。所以女人什麼都不會，只會在家相夫教子，連自己的老公在外邊買房子還被蒙在鼓裡，怎能不怨呢？

所幸現代女子的怨態已不是那樣無奈，相反的，很多人在情變之後更積極開始學習如何過活，所以還是把一切交給自己來掌握，生命既然如此無常，所有不如意也只有自己能去承擔，該往哪個方向去，還是讓自己來期許自己吧。

所以，女人該獨立，男人該成長，現代的女人可以在江湖上叱吒風雲，男人也可以像女人一樣細密柔情。簡單的說，就是兩性心靈都要茁壯，男女相依如果是以心靈的力量相依靠，可以用心去體諒，讓溝通的空間無限大，天長地久的機會就大得多了。

9. 佳人

絕代有佳人，幽居在空谷。

自云良家子，零落依草木。

關中昔喪亂，兄弟遭殺戮。

官高何足論？不得收骨肉。

世情惡衰歇，萬事隨轉燭。

夫婿輕薄兒，新人美如玉。

合昏尚知時，鴛鴦不獨宿。

但見新人笑，哪聞舊人哭？

在山泉水清，出山泉水濁。

侍婢賣珠迴，牽蘿補茅屋。

摘花不插髮，采柏動盈掬。

天寒翠袖薄，日暮倚修竹。

她，一位世上少有的美人，幽寂地住在荒涼的山谷間。

第一次看見她時，她正在園子裡澆著嫩綠的菜蔬，那與生俱

來的恬靜與優雅的動作叫人不由自主地多看了她一眼。大概是那動作與纖細背影不同於一般粗壯的農婦吧。

第二次遇見她，她與她的侍婢正在市集兜售著她們自己繡的手巾、針線包兒和一些綠蔬白菜。雖然她們在叫賣著，還是很難錯過她眉間隱約的一抹憂愁。

第三次，我上前去挑了兩條手巾，說是要送給小妹的。

第四次，買了一些新鮮菜葉，說要給小妹煮……。

有一日，她說：「公子，你莫要因為同情而這樣做。」她雖然很冷漠，但終是注意起我的。

「怎是同情？你賣我買，菜蔬也都是家裡要食用的啊。」她的侍婢不幫腔，倒是在一旁笑著，讓我找到壯膽的人。

這天，我到她的菜園子裡製造「巧遇」，打完招呼後，便大方地坐在一旁看她工作。她做了一會兒，放下手邊的工作，很不耐煩地說：「看夠了沒？」

我說：「要不要幫忙？」

「不要！不要！我最恨登徒子了！我先前的丈夫就是個輕薄的負心人，我不過是個棄婦，你不要一直糾纏著我。」

「好吧，你把你的故事告訴我，我就考慮離去吧。」不可否認我是渴望了解她的，一位清秀的美人何以會淪落到和草木相依？

大概考慮了一會兒，她輕慢地說：「我原是富貴人家的女兒，因為關中一帶遭逢戰亂，兄弟都被殺害。他們雖然曾做過高官，現在又值得什麼？到頭來一樣無處收容自己的骨肉。唉，世上人情原是厭棄衰敗的人家，人事的變幻又像隨風轉的燭火啊！」她的眼眶泛紅，眼淚清亮地在眼中閃爍。

　　她又繼續說：「我丈夫是個輕薄子弟，前陣子又納娶了如玉般的新婦，將我拋棄。唉，那合歡花尚知守時，鴛鴦鳥也懂得不獨眠，他心中怎能只看到新人的笑容而聽不到舊人的哭泣呢？」我不能辯白什麼，因為這個社會就是這樣。

　　她說道：「正如山上的泉水是清的，出山的泉水便濁了一樣。女人一離開了夫家，就不能為人所諒解。曾經為了生活困難，叫侍婢賣了珍珠，又牽些藤蘿來修補著茅屋。這些事是從前的我所不曾憂慮的啊！唉，採著花兒誰有心思戴在頭上？摘了柏葉只有一把一把握在手中。你知道有多無奈嗎？但無論如何，我都是不會變節的。」

　　在這天寒時分，她的羅袖顯得十分單薄，暮色深沉中，她倚在修長的竹竿下，吐了一口長氣，眼中含著堅定。

　　「我說完了，你可以走了。」

　　她是個很有貞節的女子，可是不該這樣埋沒一生。我起身將

旁邊的一朵黃色野菊摘下，走到她面前將花插在她的耳鬢。「嗯，你的籬笆壞了，明天我來幫你修理。」滿意地看著她詫異的表情，我轉身踏著暮霞歸去。

10. 節婦吟

張籍

君知妾有夫，贈妾雙明珠。

感君纏綿意，繫在紅羅襦。

妾家高樓連苑起，良人執戟明光裡。

知君用心如日月，事夫誓擬同生死。

還君明珠雙淚垂，恨不相逢未嫁時。

　　人是「合群」的動物，對很多人來說，說「不」的人是異類，所以即使心中正對話題反對質疑，也常會悶在心裡，有苦說不出，成了個沒原則的爛好人。當然不是每個人的立場都一樣，既然說「不」是一件難事，「拒絕別人」就是一門大智慧了，拒絕的漂亮，大家都有台階下；拒絕的不好，不但可能惹來一身腥，或許還會招來大禍。

　　要拒絕的漂亮，張籍的「委婉」就值得學習。這首節婦吟原來是寄給李師道的，李師道是中唐時的一位藩鎮，當時藩鎮割據分裂的形勢日益猖狂，他們用各種手段拉攏文人官吏，使之歸

附，以擴大自己的勢力。而詩人張籍是主張統一的韓愈的大弟子，所以當李師道要招攬他的時候，就被他婉轉的拒絕了。

想想初讀這詩的心情是帶著深情遺憾的，彷彿真有一對不能相守的男女恨不相逢未嫁時，真有一個節婦為情雙淚垂。然而知道了典故後，心情一大逆轉，還徒生一股大煞風景之怨。

「君知妾有夫，贈妾雙明珠。」一開始詩人就暗示這魯莽之君明知我是有夫之婦，還要對我用情，分明是不守禮法，別有居心。「感君纏綿意，繫在紅羅襦。」詩人又一轉語氣，感念此君的知己情意，所以將他所贈明珠繫在紅羅襦上。

不過這位守節的夫人，又趕緊接著說起自己家的富貴氣象，良人也是明光殿上的衛士，身屬中央，家庭富貴的情形，不讓他有遐想。其實詩人是在告訴李師道自己還是唐朝士大夫，不會隨意變節的。接下便是詩人精采的辯術。「知君用心如日月，事夫誓擬同生死。」感謝對方的情意款款，也安慰對方用心良苦，但是卻斬釘截鐵地說「我與我的丈夫誓同生死」只好垂淚還君明珠了。

真是「你雖有一番『好意』，但是我不得不拒絕啊。」如果你是藩鎮李師道，對張籍的委婉恐怕暫時莫可奈何吧。

11.
題木居士二首　之一

韓愈

火透波穿不計春，根如頭面幹如身。
偶然題作木居士，便有無窮求福人。

　　木居士，大概就像今天的樹頭公，本來不過是雨淋風打的一塊木頭，只因多長了眼睛、嘴巴、手、腳，或許再加一點神蹟傳說，就被人神化爲神物，因此黃袍加身，得道升天，便有一群群持香的求福人來到跟前跪著了。詩人對木居士的描寫，句句挖苦著求福人，以這樣的詩來破除迷信，亦有可能是在影射當時的社會事件，不管他的深意如何，這可笑的一幕至今還在上演。

　　一則新聞報導中，有一位父親用女兒數學錯誤的部分去簽選數字，幸運地連中七期，於是第八期時爸爸下了重注，沒想到這次全數槓龜，因此爸爸憤將女兒打成重傷。

　　樂透風行，向神明求明牌不是新聞。當你求神，神不賜與你，你只能想自己沒福氣或是在心裡不滿，至少也不敢不敬。然而「求人」卻還可以將人打個半死呢！

迷信是人性深處投射出來反抗恐懼的結果，人害怕天地神鬼，害怕不知情的未來，故而希望可以靠著拉攏神鬼得到福氣，也或許因為老天爺太遙遠，只有靠近自己的這些事物是真實的，所以便盲目地追隨。

　　世界上原本就沒有可以依靠內心的事物，當有一面牆可以靠的時候不害怕？可是人總要離開那牆的，這時候就要對自己有信心，認為自己一定可以過得很好，才不會落入這個陷阱。

　　如果你以為只要拜拜神鬼就可以五鬼運財，財神上門，那可能嗎？同理可證，像是喧騰一時的神奇分身或隔空取藥的故事，這些魔幻性的人物也該被瘋狂追逐的嗎？

12. 後宮詞

白居易

淚濕羅巾夢不成，夜深前殿按歌聲。

紅顏未老恩先斷，斜倚薰籠坐到明。

「午夜夢迴，眼淚濕透了羅巾，還是不能入睡。在這夜深時分，只聽到前殿傳來一陣陣按著節奏的歌聲。容顏未嘗老去，皇上的恩寵卻早已斷絕，我只能寂寞地斜倚在薰籠之旁，不覺竟一直坐到天明。」

舊人如何與新人相比？從來人都是喜新厭舊的多，連兒童都喜歡新奇的玩具，更何況是大人呢，有機會當然一個換上一個。只是這樣的行為也正可看出這個人對事物的價值觀，他是被寵壞的，自私的，他的自大與自卑讓他漠視了其他的人，當然人在他的眼裡不過是玩具，是傀儡，是可以任他操縱遊戲的。

皇帝，自是權力的象徵，君權的社會不能反抗，父權的社會也讓女人深嘆那被擺佈的命運。命運確實是難已脫離的，尤其是皇帝後花園中所豢養的名花，那綾羅綢緞、富貴榮華的日子所付

出的代價卻是必須和眾多美人共侍一夫，或許她們早被教養成沒有怨言的服從意識，但是人類情感上本能的痛苦絕對還是會找上她們。

於是，白居易輕易地刻畫出這個後宮幽怨美女的典型，而這個典型竟是輕易就可以找到故事套用。

金屋無人見淚痕，女人啊，她們的寂寞最容易在深夜裡被看見，寂寞如蟻，啃蝕著渴望甜蜜的心，那心支離破碎，連入睡都沒有心情，怎可能再有夢呢？

那良人享樂的聲音刺痛在耳，那溫柔的眼神卻已是向著別人，悲哀的是自己的容顏還嬌豔未老呢！幸福又在哪裡呢？人說侯門深似海，更別提是身在皇家，從此這一生怕是斷送了。

讀讀今日的流行情歌，你會發現這樣的男女愛情故事已經傳唱千年，而今而後還會一直演出，直到人類滅絕。

13. 宮詞

朱慶餘

寂寂花時閉院門，美人相並立瓊軒。

含情欲說宮中事，鸚鵡前頭不敢言。

　　花時不該寂寂，更不該閉門院。花時應該是美人們並肩散步賞花，何以是相並立瓊軒？這當中有些什麼曲折？

　　原來是心中有「宮中事」想說，然而宮中是非之多，誰敢在這羅網密織的後宮世界裡多說些什麼？

　　唐朝後宮佳麗三千不足為奇，只是當這些美人進到後宮後，她們的命運就有了極端差異。唐朝以前有趙飛燕的掌中起舞、呂后的「人彘」，唐朝以後更有武則天、楊貴妃等等，中間許多皇帝的風流韻事不為人知，皇室的大八卦是天大禁忌，哪有人敢言？

　　歷史上，中國的皇帝向來是被批評的多，只有唐太宗李世民，幾乎得到一致的恭維。其中包括李世民放出宮女三千餘，令之「任求伉儷」。還曾縱獄中死囚三百九十人歸家，命令他們秋後自行歸來就死，結果期限到後所有的死囚竟然都歸來，於是唐太

宗便赦免他們的死罪。當時白居易還作有「怨女三千出後宮，死囚四百來歸獄。」的詩來恭維唐太宗。當然有人說這些都是故作安排，沽名釣譽，但這也是成了絕響，更何況能縱三千宮女離去的功德還是大的，否則多少生命一輩子就埋葬在後宮了。

　　爲了滿足一人之慾，而將幾千位女人軟禁在一起眞是可惡自私的做法，嬪妃們苦於「常留君王帶笑看」施盡多少瞞天過海的手段詭計？又造成多少殘酷的悲劇？生活在其中的宮女，被奪去青春與幸福，還害怕落人口舌，或許這輩子怕是連說話的自由都沒有啊！

14. 題情盡橋

雍陶

從來只有情難盡，何事名為情盡橋。
自此改名為折柳，任他離恨一條條。

雍陶在唐宣宗時出任雅州刺史，雅州在今天的四川。據說有一天他送客到城外的情盡橋，見了橋名便問：「為什麼叫做情盡橋呢？」。左右回答說：「因為這座橋是送客離別處。」雍陶聽後，很不以為然，再看河邊被當做贈別的柳樹，隨即替橋改名為「折柳橋」，並寫下這首膾炙人口的七言絕句。

「世間最難了斷的就是感情，如何能有情盡橋呢？就改名為折柳橋吧，該是離恨就像柳葉一條條地擺盪在心頭啊！」

你是否也有想遺忘的過去？有些事真不要再想卻常爬上心頭，想一刀兩斷卻又藕斷絲連？這就是感情，不在乎的，就很淡地被忘在內心的角落，甚至那段記憶就此蒸發。而很在乎的，竟是忘也忘不掉，愈想忘記反而記得愈清楚，愈急著忘記愈陰魂不散。因為情無盡，但我們又要想過新的生活，也不希望有陰影的

壓力，所以要忘記。人的大腦有部分的機制就是要我們遺忘，忘記一些過去才能有新的將來，才能好好活下去。

然而世間沒有忘情水，你必須在遺忘中學習遺忘。

最常用的方式應該是時間消去法吧，用一件件新的檔案覆蓋過舊的軌跡，終至找不出最初的樣子為止。將重重的注意力轉移，讓生活更多采多姿，更多活動，甚至學習更多新的才藝。所以最後就忘了。

有些記憶真是忘也忘不掉的，那就大大方方地接受吧。有一天準備好的時候，一個人將所有的一切翻出來，好好看一次，一次又一次，很甜，很痛，很不堪，很心酸，都不要緊了，告訴自己：「都過去了。」

當你覺得可以了，再一件件仔細地折進記憶的包袱裡，將這堆紊亂龐雜的劇情，整理疊好，你將會發現你的包袱整齊了，輕了。一次次地整理，生命中的這段旅程，這段經驗將成為自己的一部分，幫助自己更容易面對不可知的未來。

所以你想學習遺忘嗎？一定要在遺忘中喔。

15. 貧女

蓬門未識綺羅香，擬託良媒益自傷。

誰愛風流高格調，共憐時世儉梳粧。

敢將十指誇鍼巧，不把雙眉鬥畫長。

苦恨年年壓金線，為他人作嫁衣裳。

　　台灣被「韓」流入侵已經不是新聞，雖然不喜歡連續劇的誇張與牽絆，我也好奇收看。韓劇的確有其迷人之處，莫怪有人為之瘋狂。導演用浪漫柔情將人心扯動揉捏，讓人覺得少看一集都很可惜。哪來的魔力呢？

　　理智地歸納劇情，不外乎是「灰姑娘」、「麻雀變鳳凰」、「美女與野獸」等的鋪張，美美的男女主角，悲慘的遭遇，孤傲清高的品格，犧牲奉獻的愛情，便誕生一部部扣人心弦的連續劇。

　　原來這樣的影像正滿足人們對人生、愛情的投射與期待，當然可以吸引大批的擁護者。而連續劇為了補滿觀眾現實生活的遺憾，總是要安排大團圓的結局，給人們一個滿意的交代。不過，

真正的現實沒有劇本可以參照演出，也沒有導演可以修改劇情，所以灰姑娘不會變公主，野獸不能變帥哥，有能力的人不一定能出頭，品格高尚的人也多被埋沒。

那秦韜玉的「貧女」正是世間事的寫照了：「生在蓬門陋戶，綾羅綢緞不曾沾身，想要拜託媒人為我尋上一門良緣卻只能無奈嘆息。人們競相追求高貴時髦的流行，有誰會欣賞我的樸實無奇？只好努力在自傲的女紅針黹裡，不與人爭奇鬥艷。苦惱自己只能年年為人壓線刺繡，縫製嫁衣。」

一針一線，一對對的蝴蝶、鴛鴦隨意從指下悠遊而出，每完成一件衣裳，心中的一絲成就感卻仍無力與大環境對抗。如果這才是現實，莫怪人們要沉溺影像、文學中幻想逃避了。

16. 韓冬郎即席爲詩相送

李商隱

十歲裁詩走馬成，冷灰殘燭動離情。

桐花萬里丹山路，雛鳳清於老鳳聲。

　　韓冬郎就是韓偓，是李商隱的連襟韓瞻之子。李商隱以詩相送，留下經典名句：「雛鳳清於老鳳聲」，雛鳳的鳴聲要比老鳳的鳴聲來的響亮，意思是長江後浪推前浪，一代新人換舊人。

　　李商隱稱讚韓冬郎十歲的時候就天資聰穎，他說還記得韓冬郎十歲時就可以在很短的時間內做好一首詩，而轉眼間時光匆匆，成年的他即將離鄉背井。看著爐中燒過的灰燼，殘滴的蠟燭，心中離別的情緒更現。不過，冬郎的前程光明，前路是連鳳凰都要來集之處啊！只能由衷地稱讚他的才華清新美好，就像雛鳳清澈於老鳳的鳴聲。

　　李商隱是看著韓冬郎長大的，就好像看著一株鮮嫩幼苗逐漸長成大樹，原本幼苗就長的挺好，加上後天的灌溉，冬郎的才華成就一天比一天更進入佳境，在長輩的眼中看來是欣慰的。

人們喜歡看自己的下一代愈來愈好，我們總要求著自己的孩子弟妹能夠長進，希望他們能夠不重蹈覆轍，記取前車之鑒，同時也對他們有更多的期待。這些與日俱增的期盼，如果拿秤來量，他們肩上的重量一定比前輩們的更沉重。

　　而人的韌性卻又是如此之強，總是會有更棒更好的作品成績出現，好像今天奧運一百公尺有人可以跑八秒，下一次就有人挑戰七秒九的成績。每個世代都有各種不同的藝術創作，江山代有才人出，耆老的智慧不可忽視，但是新人們的創意與戰鬥力卻是久遊於江湖的老將們所不能比擬的。

　　老人的聲帶用久了，沙啞了，怎能和孩童稚嫩清新的嗓音比較？老作家也已是老生常談，怎能不佩服新生代的驚奇創造力？所以不得不服老，不得不佩服這些年輕的生命，不得不欣賞這些漂亮的孩子們啊！

17. 嫦娥

李商隱

雲母屏風燭影深，長河漸落曉星沉。
嫦娥應悔偷靈藥，碧海青天夜夜心。

　　小時候，嫦娥奔月的故事是這樣天真的：「嫦娥是后羿的妻子，因為后羿希望兩人能夠長生不老，便向西王母求了兩顆不死仙藥。可是后羿性情殘暴，嫦娥不希望后羿危害人民，所以便將兩顆不死藥吃了，誰知身體竟然輕飄飄地飛上了月宮，變成了仙女。」

　　長大後，不知是誰戳破了我兒時嫦娥的偉大犧牲典型。嫦娥的故事變了：「據說后羿向西王母要了兩顆不死藥，這藥如果只吃一顆可以長生不死，可是如果同時吃兩顆就可以成仙。當時，嫦娥夢想著成仙，所以便偷偷地將兩顆仙藥一起偷吃了，沒想到她的身體真的往天上飄去，快到天上的時候，嫦娥突然怕其他的仙人會看不起她的行為，所以，一轉身便飛到沒有人的淒清月宮。」

科學早就昌明，嫦娥卻依舊躲在月影昏昏的廣寒宮裡。小時候不懂爲什麼故事要讓一位絕美仙子長住寒月裡，不像白雪公主有王子有城堡，長大才知那才是很寫實很寫實的畫面。因爲她背叛了一個深愛她的男人。而說故事的人，爲了恐嚇人們這種背叛的行爲，所以判決嫦娥寂寞的無期徒刑。

　　是以故事裡面嫦娥沒有好下場，她只能擁抱著無窮無盡的寂寞與後悔，在月宮生活著。因此不管故事是怎樣被傳誦，美麗嫦娥都成了寂寞與背叛的代名詞，她甚至不能像小美人魚一樣被改編成完美的結局。因爲她不該偷吃靈藥，她不該爲了自己的私念，她不該背叛……

　　這種恐嚇深植人心，人們害怕寂寞，爲著背叛內疚，所以再不敢輕舉妄動，又將生命埋葬在另一個自己不願意待的地方。

　　月宮中有一個後悔的嫦娥已經夠了，地球上也不差你一個。你後悔，別人也後悔，有很多很多的人同時在地球上後悔。所以後悔有什麼用？嫦娥用後悔留下淒美的故事，你能留下什麼？所以地球上的你，去嘗試改變吧，去享受寂寞吧，就是不要後悔。

18.
蟬

李商隱

本以高難飽，徒勞恨費聲。

五更疏欲斷，一樹碧無情。

薄宦梗猶泛，故園蕪已平。

煩君最相警，我亦舉家清。

整日「知了，知了」，蟬真是一群愛唱歌的昆蟲。可是他們愛唱歌是其來有自的，蟬的一生可以說是傳奇，他的幼蟲在土壤中度過，以植物的根部為食，所以常被視為害蟲。而蟬的幼蟲期通常有好幾年，像是北美的「十七年蟬」，他的幼蟲要在土中生活長達十七年，才能爬出地面羽化成熟，而且成蟲的壽命更只有兩三週，他們只吃一些水分樹汁來維持生命，在盡情歌唱之後，交尾，死亡。十七年蟄伏，才換來二十天左右的成蟲生命，叫牠如何不拚命地大聲歌唱呢？

古人認為蟬「餐風宿露」，所以是清高的象徵。像駱賓王有一首有名的「在獄詠蟬」：「西陸蟬聲唱，南冠客思深。不堪玄鬢

影，來對白頭吟。露重飛難進，風多響易沉。無人信高潔，誰爲表予心？」駱賓王作此詩抒發自己的志向正如餐風飲露的秋蟬，無人信其高潔；而自己的忠貞被懷疑，亦無人爲其表明心志。

「本來居高飲露難以自飽，每天又徒費力量在樹上吟唱。五更的時候，一聲一聲愈來愈斷斷續續，幾乎是聲嘶力竭，所棲的林木還是一片碧色，一點也不被感動。我做著小官，就像浮萍木梗漂浮不定，舊日的家園早已荒蕪成一片平曠。只有感謝你最能警惕我了，因爲我全家也都與你一樣清寒啊。」

聽過蟬鳴的人都知道，那唧唧的叫聲就像是馬達插了電一樣，好像可以不用停止的，唧唧唧唧讓忙碌的人心都急躁了起來。雖然再忙的人都無法忽視那鳴叫聲的威力，可是碧綠的樹卻依舊不被動搖，莫怪詩人要說一樹碧無情啊。

詩人藉蟬比喻堅貞的君子，生活不容易溫飽，卻依舊清高不變節，或許詩人也是感嘆著他一向努力在工作，卻不是很被賞識，到現在依舊身爲小吏，只有請蟬先生繼續在生活上警惕著他，讓他不要再宦海裡沉淪迷失了自我。

19. 夜雨寄北

李商隱

君問歸期未有期，巴山夜雨漲秋池。
何當共剪西窗燭，卻話巴山夜雨時？

除了乾旱，雨的降臨都是一種很哀靜的感覺，也許是雨聲太響，響過了心靈低鳴的聲音，所以特別不容易有邏輯地想起事情，只好沉溺在綿密的雨打聲中。

你要問我的歸期，我也不知道是哪一天。只是現在在這巴山之畔，夜雨連綿，雨水漲滿了秋天的池子。也不知道什麼時候才能夠再和你一起在西窗下談心，回想這巴山夜雨的情景呢？

有時朋友見面也不知道要說些什麼，只是分開的時候很難受，因為再沒有人可以一同分享喜悅，也找不著人可以傾吐不快。因為這樣人生變得寂寞不過癮，也因為這樣才會開始想起這個朋友的好處。想到這些，更加思念起那些不在身邊的人兒。

思念是一種很活著的感覺，不管你在思念什麼，當你思念的時候身體和靈魂都覺得痛痛的，這種痛還帶點甜甜的夢幻和慌慌的孤

單。思念會讓人孤單，因為濃烈的思念將使自己的靈魂與身體縮得瘦小，也拉開和人的距離，所以身邊的空間越來越大，空盪盪。

君問歸期未有期！就因為這人不在身邊，想念這人的次數頻繁，所以全身上下開始不舒服。換了任何一個人，沒有日期的約定都是多麼讓人惆悵心傷。就好像你問你的情人、好友：「你什麼時候走？你什麼時候要回來？」可是他都說：「不一定，有空再說。」這樣的回答叫人多不舒服，這人一出門就像斷線飄去的風箏，飛飛就不見了。

所以有人說感情就像一隻風箏，人人都想要握在手中，風箏想要飛的高，可是沒有人願意放手讓風箏飄去。如果不懂得收放，緊緊的線一不小心被風吹斷，風箏便隨著風兒飄走。

無心的人就像斷線的風箏，他是不懂得回頭的。所以詩人不是風箏，他是一隻有心的信鴿，在空中飛來飛去，不管飛去那兒，還是會再飛回來休息休息。

或許他也是因為許多不得已的因素流浪，所以他眷戀著相處的美好記憶，才會一樣期待下次可以共剪西窗燭的日子。想起朋友的時候，覺得這首詩真美，美在很適合用在朋友之間，而這種思念情感淡淡的，比較不傷人。

20. 寒食

春城無處不飛花，寒食東風御柳斜。
日暮漢宮傳蠟燭，輕煙散入五侯家。

「寒食」是古代的政制遺俗，這一天禁火，所以人們只能冷食或生食。民間相傳，「寒食」背後有一個動人的故事，是為了紀念春秋時期的介子推。當時晉國內亂，晉公子重耳出亡，後來終於復國，成為春秋五霸之一的晉文公。追隨他流亡的臣子各受封賞，晉文公卻把介子推遺忘了，介子推就帶著母親隱居綿山。

後來，文公知道，便前往請他出山，他不肯，文公焚山想要逼他出來，沒想他的意志無比堅定。等火熄後卻見到他們母子二人抱著樹木一起被燒焦了。晉文公很悔恨，命令晉人停止舉火作炊三日，只能吃冷食、飲涼水以示悼念。以後沿習成俗，便定冬至後一百零五天為寒食節。

不過這首詩可不是在討論著寒食的由來或紀念意義，可不是單純字面上所講的這樣了：「寒食的時候，宮城中春天的柳枝隨

著春風飄蕩，隨著季節而開放的花兒也四處飛揚，看來是一幅美好的春天景象。而傍晚的時候，宮廷中開始點起蠟燭，只見裊裊的燭煙，都散到五侯家中。」

寒食這詩表面上很美，事實是處處充滿了譏諷的意味。沒經過說明相信一般看倌很難聯想到的呀。

其實那飄飄的飛花指的是春宮不禁，沒有規矩；而那吹斜的楊柳，比喻的是上位之人持躬不正。

而詩人所說的「五侯」也是關鍵，一般是指後漢桓帝所封賞的五位宦官，也有人認為是漢成帝他所封的五位舅舅。總之不是宦官就是外戚，在當時的君權統治之下，由這兩方面的人馬當權的話，可都是等於謀朝篡位的敗國之相了。

詩人使用漢朝的典故，據載，漢制上說寒食後漢宮中要鑽新火燃燭傳於貴戚之家。所以今日那蠟燭的輕煙既散入了五侯之家，那真正得權當道的就不知是不是真正的有能之人了。

愛上自在的靈魂

如果你沒有經歷人生的各種境界，你又何必感嘆人生？自在的人，無處不自在。

1. 他人騎大馬

他人騎大馬，我獨跨驢子；
回顧擔柴漢，心下較些子。

初讀這詩時，足足笑了五分鐘，短短的二十個字，詩人卻把世間多少人都給畫了進去，鞭辟入裡的幽默諷刺筆法，在詩歌藝術的殿堂中樸實鮮活地令人驚艷。

不可否認這樣的畫面是現在絕大多數人的通病。詩人紀錄了一段「比上不足，比下有餘」的生活體驗，想必是在教自己也在教人知足常樂。

如果你也在觀察自己，一定會發現自己在生活當中不停地追求著「自我感受」與「外界」的平衡，因為感受的平衡能幫助自己擁有比較多的自信和愉快，也能和社會相處的比較融洽。

許多人性的弱點很自然地存在，甚至就像呼吸難以自覺，例如當發現朋友有一枝新凱蒂貓鉛筆，你也會不自覺地多買個皮卡丘橡皮擦。當自己不小心掉了錢包，你通常也會樂於見到有人倒

大楣。當人家在訴說自己父親是如何偉大，你也會忍不住跟著吹噓起來。不願意輸，不想要比別人差，這就是人性。

這其中最常聽到的「酸葡萄心理」就是一種非常典型的例子，當你看到別人正在吃香甜欲滴的葡萄而自己卻吃不到，很多人會安慰自己那葡萄一定很酸。

而「甜檸檬心理」就比較少人聽說了吧，檸檬哪會甜呢？吃到了檸檬又酸又苦又不願意承認，別人問起還笑說很甜。其實這不見得是說謊，因為當你能說服自己時，認知上就比較不痛苦。這就是為什麼在比上不足的同時，還要加上一句比下有餘呢！

對待自己的方式是自己選擇的，能夠符合真實忠於自我更是珍貴，何苦在斤斤比較之中讓自己或身旁的人痛苦萬分？雖然大多數的我們在生命的層次上，還得在回顧擔柴漢才能得到解脫。

2. 翻著襪

王梵志

梵志翻著襪，人皆道是錯。
寧可刺你眼，不可隱我腳。

你喜不喜歡自己？如果喜歡，相信你總可以得心應手地處理身上大部分的事。如果不喜歡，相信你也有不喜歡自己的理由。最怕答案是「不知道」，那你的生命恐怕活在最多的「左右」之中，隨時可以因為別人的一句話而改變你的每一個決定，這是很可怕的一件事。

而能夠適當被左右是彈性，太少就是固執，太多又成了牆頭草。在展現自我的同時，能夠適度接受他人的意見，才是有容的表現。

我想王梵志是個喜歡自己的人，在許多人因為吃人的禮教而痛苦的時候，他可以接受認同自己個性化的表現，在舒適與禮教之間取得平衡。

看過一則新聞，有三個外國人酩酊大醉後在台北街頭裸舞狂

奔，造成路人的尷尬與非議。他們是以什麼樣的心態在路上裸奔呢？他們很快樂嗎？穿上那麼多奇異的眼光真的舒適自在嗎？

因為出現在新聞媒體上，或許還有許多人認為這三個外國人的行為相當丟臉，但太陽底下無新鮮事，也或許有很多人見怪不怪，一笑置之。想想如果有人在我們的面前敢這樣，或許不自在的還會是我們哩。

一個人如果因為想追尋屬於自己的生活而忽略身邊人的感受，那一定會被認為是差勁的人，不但人緣不好，還會招來許多不滿意。然而我以為詩人雖然追求自我，喜歡做常人以為是錯的事，但他也一定會堅持在自我中要混有理性的善意。

所以我還是欣賞王梵志的率性與自然，不管做了什麼不合時宜的事，仍然「寧可刺你眼，不可隱我腳。」許久以來，發現能接受獨特自我的人，竟然才是最真誠長久的，而這些人大多都是：「對於我不太喜歡的道德，我寧願選擇不遵守，不過雖然我喜愛自己，但我也該尊重別人。」

3. 吾富有錢時

王梵志

吾富有錢時，婦兒看我好。

吾若脫衣裳，與吾疊袍襖。

吾出經求去，送吾即上道。

將錢入舍來，見吾滿面笑。

繞吾白鴿旋，恰似鸚鵡鳥。

邂逅暫時貧，看吾即貌哨。

人有七貧時，七富還相報。

圖財不顧人，且看來時道。

    千百年來，人情冷暖早就應該被看破，還有什麼好說的呢？然而一個「錢」字掉下時還是可以砸昏無數的人。

    人為什麼想要有錢？有錢當然好了，社會的資源有限而慾望無窮，沒錢不得生存還沒有地位，而有錢能使鬼推磨，錢當然好。

    是啊，有錢，一切都好，妻室兒女也顯得十分殷勤。假如要

脫衣服，很快就有人將衣服折好；出外經商，還要一直送到大馬路上；將攜帶的錢帶回家中，一個個笑臉迎人，像白鴿盤旋在你四周，像鸚鵡喋喋不休。

而沒錢呢？不但沒人願意花時間煩你，還奉送一張很難看的臉。要知道啊，人都有貧富機運，如果只為貪圖錢財，不顧情義是會有報應的。

聽說一個故事，隔壁的錢爺爺在劃分遺產的時候很大方，將他的土地都平分給三個兒子，三個兒子各得了上千萬的土地當然很開心，不過，私底下兒子們竟然互相抱怨這老爸不肯分存摺裡的現金。

話兒傳到錢爺爺耳裡，錢爺爺叫來兒子說：「土地已經給你們了，至於錢，暫時是不會分的，有多少錢你們也不需知道。我不敢冀望你們孝養我，這些錢是我防老用的。」

幾句話讓兒子們都閉了嘴，雖然不滿，這些年兒子們倒也定期到老家省安，沒忘記噓寒問暖。看看這個社會，想想詩人的詩，不得否認，錢爺爺是聰明的。

4. 寒山子詩

寒山

吾心似秋月，碧潭清皎潔。
無物堪比倫，教我如何說？

「心」是象形字，少少的四筆很難寫得漂亮，卻掌控一切生命的運作。

古人造字是聰明的，不管我再怎麼努力想，就是想不出可以用指事、會意、形聲、轉注、假借任何方法來再造這個字，因為「心」如果意指「心臟」以外，就是絕對抽象的。

寒山是個詩僧，話中自有禪意，他認為自己的心已經清澄，實在找不出其他事物可以比擬，如果你真要他說說自己的心境，真是抽象的不知如何形容。

正似六祖禪師說：「菩提本無樹，明鏡亦非臺，本來無一物，何處惹塵埃。」

一個人要能夠有坦蕩蕩的心胸，仰不愧於天，俯不怍於地，他的無欲無求是值得佩服的。一個修行者，最基本也是要能卸一

切力量於無形，不著斧痕，沒有動作，無需半點意念吧。

　　心之所在，意之所往，當我試著檢視自己繁複的心意時，不得不承認不但心上覆蓋了許多塵埃，心中也漂浮許多雜質，更甚連心底也沉澱下濁泥一層，凡人所停留的層次還在「身是菩提樹，心如明鏡臺」。

　　人生下後便開始穿梭塵世，每增一分愛惡欲，就多一分心混濁，所以人喜愛讀佛話禪語。這些澈悟之理，總提醒著自我庸擾的凡夫俗子放下執著，自我反省，既然難以空無，就要記得「時時勤拂拭，莫使惹塵埃」。

5. 賜蕭瑀

李世民

疾風知勁草，板蕩識誠臣。
勇夫安識義？智者必懷仁。

　　李世民，即是唐太宗，是唐代的第二位君王，聰明英武，兼通文學，在位期間，文治武功並盛，世稱貞觀之治。中國歷史悠久，亂時比順時多，唐朝貞觀之治，便是中國歷史上令人振奮的一段時期。

　　唐太宗常與大臣們談論政事，蕭瑀也在其中，他們的許多政論都紀錄在《貞觀政要》一書，書中談君道安民、君臣關係的政說政論。而這首〈賜蕭瑀〉，正可以看出唐太宗對君臣關係的想法。

　　唐太宗說，在疾風的吹襲之下，可以知道哪一棵才是剛勁有力的韌草；在動盪不安的時局裡，更可以知道哪一位是最忠誠的臣子。

　　且不管君主的脾氣、氣質、智慧如何，一位君王能夠成功地

經營一個國家必有他的能處。因為權力的結果即是腐敗，權力極易讓人盲了雙眼，所以最重要的就是一顆清醒的頭腦，一顆清醒識人的頭腦。

時危見臣節，世亂識忠良，一個人的品格高低，在危急艱難的環境裡最容易看出。國家是這樣，企業是這樣，生活也是這樣的，在任何一個環境中總有形形色色的人，只有經過一次次的考驗與觀察，我們才會去決定一個人的可信任與否，一個人的氣度節操何在。

惡劣的環境是考驗人的最佳場所，很多時候人並不是像自己所想像的那麼了解自己，唯有當一連串的風雨迎面來時，才會知道自身的底限所在。所以，一個人是否有義，是否懷仁，有無智慧，有無勇氣，這些在逆境考驗中絕對展現，人更要在此時反省自己。

6. 題大庾嶺北驛

陽月南飛雁，傳聞至此迴。
我行殊未已，何日復歸來？
江靜潮初落，林昏瘴不開。
明朝望鄉處，應見隴頭梅。

「陽月是陰曆十月，傳說湖南衡山有一座回雁峰，鴻雁在寒冷的十月南飛至此後，就會在此棲息，一直待到春天寒盡才又飛回北方大地。

而我呢？向南的路還未停止，豈敢像鴻雁期待有回歸之日！

要怪就怪自己吧，政治本來就是一場豪賭，怪自己當初押錯寶，以爲武后寵幸張易之，只要好好巴結張易之一定可以升官晉爵，哪知張易之不但沒有爲我帶來富貴，還連累我被貶謫流放。

聰明一世，糊塗一時，想我堂堂一個尚書，不但屈就爲那無才的張易之代寫文章，那日還被他唆使拿夜壺，活該他失敗，想起真是可恨！

趕了許久的路，今晚投宿在大庾梅嶺的驛站，四周全是陌生的人事物。在旅宿時，江面平靜，潮水初落；樹林閣沉，瘴氣鬱結沉悶，地處偏僻惡劣和北方的環境很不一樣，卻像極我被隔絕的心情。

　　曾經繁華享盡，高高在上，怎甘心落魄至此？我一定會想辦法重回京城，等安頓下來後，再找人去遊說送禮，沒有人不吃這套，相信老天爺絕不會斷我之路。

　　嗯，等明兒上到大庾嶺頭，往家鄉的方向望去，應該可以看見嶺上開始綻放梅花正等著我回去吧。」

　　在多方揣度下，表面上很鄉愁的詩，如果是出自一個一心謀求權位的人，似乎就不再只是鄉愁那麼單純。一個處心積慮的人，可以合理化他所做的任何事，當他認定這一切都是對的時候，在他主觀的意識中就沒有錯了。

　　以詩人被人鄙視的道德行徑看來，我假想他寫詩的心情正是如此一波三折。不過，文學是個人的體驗，只要人人讀來味道不同，投射的心情不同，他就有存在的價值。

7. 感遇十二首　之一

張九齡

江南有丹橘，經冬猶綠林。
豈伊地氣暖？自有歲寒心。
可以薦嘉客，奈何阻重深。
運命唯所遇，循環不可尋。
徒言樹桃李，此木豈無陰？

　　橘子的味道酸酸甜甜，多汁的口感常讓人一瓣接一瓣地吃著；而且不只橘肉好吃，橘皮可以取來沐浴，亦可以風乾作陳皮入藥。因此種種，一般人對於橘的印象多是止於一種美味有用的水果，然而讀了這詩後，或許對於橘的面貌會產生更多不同以往的想法。

　　住在北方的詩人說：「丹橘生於南方，經過寒冷的冬天依然翠綠，是因為南方的天氣溫暖才這樣嗎？並非是這樣的吧，應是橘的本性就帶有耐寒的情操。橘不會因歲寒變節，反而結實累累，就為能夠被推薦給客人食用，奈何南北相隔千水重山，要取

用這果實眞是不易。

命運的好壞常只因遭遇的不同，那道理無法推尋，就像大自然週而復始的循環，那無名的力量是難以追究的。橘樹的命運就像是這樣，一般人只忙於栽培美麗芬芳的桃樹、李樹，卻從沒想到橘樹的好處，難道橘樹就不能生就綠蔭？」

詩人以橘喻人，賢者的品德堅貞，原本該被推舉於朝廷任用，然而推舉的道路卻被阻擋，眞是無可奈何。而橘之所以身爲橘，難以解釋爲什麼，只能說這是命運所致。從字裡行間看來，橘是被稱頌的，橘就像桃李一樣的特別，只是詩人還是感嘆何以橘就不能像是桃李般被人稱揚。

就像每個人都有他特殊的才華，卻是因爲運命所遇而徘徊，許多人擁有不凡的才華，卻還是像橘，像橘的「不遇」，才是詩人想要說的話。不遇是痛苦的，但是詩人將這樣的想法表現的溫醇婉約，一點也不尖銳。

8. 歲暮歸南山

北闕休上書，南山歸敝廬。
不才明主棄，多病故人疏。
白髮催人老，青陽逼歲除。
永懷愁不寐，松月夜窗虛。

　　有日，孟浩然前去拜訪王維，恰巧當天唐明皇也駕臨王維
家，當時孟浩然匆匆藏匿起來，王維不敢隱瞞而稟奏皇上。唐明
皇說：「我有聽說過這人，讓他進來。」後來孟浩然晉見皇上，
還誦了這詩。沒想唐明皇生氣說：「我未嘗嫌棄你，何以誣賴
我！」因此，詩人的「不才明主棄」，讓皇帝對他相當不諒解，從
此放歸襄陽，自然是難再仕祿了。

　　「不要再向北闕上奏書了，還是歸隱終南山的舊廬吧。我自愧
無才，為聖明的主上所棄，又因為多病，連故人也少來往了。頻
生的白髮催我年華老去，轉眼春日來到，又是一年終盡。因為心
中有懷，竟是不能入眠，只見窗外松下月色，一片虛明閒靜。」

景虛，心也虛，虛虛空空，空空虛虛。孔子曾說「詩可以怨。」詩人的際遇是得意的少，不得意的多，所以滿肚牢騷，總要藉文字來發洩。我們讀了詩的絕妙，只是這一吐為快，竟是不顧忌諱，觸怒龍顏。

　　從中不由想到封建時代對人才的壓制，其實走到那兒都是一樣的，如果你人緣不好，人氣不旺，要出頭很難，如果總挑不好聽的說，不被人打壓更難。

　　這就是人很現實的一面了，要誠實就會得罪人，要虛假又對不起自己，如何在這中間八面玲瓏？見人說人話的功夫真是不容易學。想想如果詩人在見到唐明皇之時來個大諂特諂，弄個一官半職，說不定真可以一步登天，不過今天恐怕就沒有這些詩可以品嚐了，是不！

9. 酬張少府

晚年惟好靜，萬事不關心；
自顧無長策，空知返舊林。
松風吹解帶，山月照彈琴；
君問窮通理，漁歌入浦深。

　　王維是個在政治上風光過的人，他一路堪稱順遂，並沒有真正遇上倒楣的日子。所以看王維晚年的詩詞，可以讀到一種老者不與世爭的生命哲理，含有真正甘心退隱的意念，這是波折連連的其他詩人們所難散發出來的韻味。

　　「晚年只喜歡清靜，什麼事都不再關心。自知再無遠大的政治抱負，只想歸隱舊山林。在這兒，有清爽松風襲人，彈琴亦有山月相伴，一切就像是生活在桃花源般的自在快活，哪需要懂得什麼大道理才能擁有這些生活。」

　　這個老人是快活的，他的反璞歸真，即是一切無欲無求的表現。在大自然中，悠然地與生命對話。從前的一切爭擾，只有

「空」才是最眞實的，當一切都成空時，能想到的，竟只有返回舊林，可想這個念頭在詩人的心中已經徘徊多久。

人的心中總會有許多渴望，不同的時期會有不同的希望。年輕人志氣滿滿，宛如生命力極強的野草。中年人宛如大樹，穩穩的佇立著，不畏風吹雨打。而老人已老，不喜歡大風大雨的摧折。這些是自然的循環，時間到了慢慢就會步向這樣澄澈的心境，不需要什麼道理的。

其實，喜歡過什麼樣的生活都是自己的命運，自己覺悟，自己調整。如果此刻的生活忙碌緊張，就應該爲自己安排一段休閒時光。如果沉寂太久，也可以試著做一些創新的事。重要的是自己的生活在可以安排的範疇中如魚得水，才是圓融成熟的表現。

10. 終南別業

王維

中歲頗好道，晚家南山陲。
興來每獨往，勝事空自知。
行到水窮處，坐看雲起時。
偶然值林叟，談笑無還期。

　　詩人到了中年時代很愛好佛理，終年居住在終南山邊。興致
來時，便一人獨自去尋幽，他說美好景色的欣賞詠味只有自己知
道。有時不知不覺走到那水流源頭處，坐在那兒看著白雲冉冉飄
起，偶然碰到住在山林間的老人，便互相談笑而忘卻歸家。

　　一個人，是一種享受。一個人能行到水窮處，坐看雲起時，
那種平靜彷彿擁有了全世界，多讓人心羨啊！

　　雲對很多人的童年來說都曾經是一個憧憬夢幻，那軟綿綿的
模樣是娃娃們想躺的床墊，綿羊，蘋果，汽車，飛機，花朵，雲
的面貌千變萬化。

　　童年的雲是不可思議的童話，可是飛機卻戳穿了這些美夢。

造飛機，造飛機，來到青草地，飛上去，飛上去，飛進白雲裡。穿過了白茫茫的雲霧，才知原來雲不過是高空的霧。一團一團地有時會將巨大的飛機包裹在裡邊，卻不是兒時想像的軟綿綿，飛機飛得高一些，就見一塊塊灰白白的雲在自己下方，多不可思議，可是飛上雲端的滋味原來是這樣奇特興奮卻還包含著恐懼。

雲與山總是相依，所以看雲可以登高，登高也是興奮，只是更少了搭飛機的恐懼。去過阿里山看日出的人，一定不能否認那景觀很迷人，在那看日出不僅是看日出，還有周邊一切的一切都是生命過程中的極致享受。

山中清寒的氣溫，涼透的雲霧之氣，山水墨畫般的氛調，是清晨相伴登高的伴侶。在那觀日臺處層層疊疊的白雲波浪，建構出不可思議的山中海，千萬股吸引人往下跳的海浪聲音向意志薄弱的心靈呼喚，唯一的一絲理智是因為震撼而不能往前的腳步，一直到太陽刺眼才恍然驚醒。

行到水窮處，坐看雲起時。山或許是不動的，但是山雲飄飄忽忽，讓山的變化多端了起來，心情也隨之朦朧感動。水窮處，已是靜謐，詩人可以時常坐在那兒看雲兒緩緩飄動，享受人世間美麗的時分，實在是讓人羨煞。

11.

宣州謝朓樓餞別校書叔雲

李白

棄我去者，昨日之日不可留；

亂我心者，今日之日多煩憂。

長風萬里送秋雁，對此可以酣高樓。

蓬萊文章建安骨，中間小謝又清發。

俱懷逸興壯思飛，欲上青天覽明月。

抽刀斷水水更流，舉杯消愁愁更愁。

人生在世不稱意，明朝散髮弄扁舟。

「棄我而去的昨日，已不可能留住它了；縈亂心神的今天，又帶來許多煩憂。眼送萬里寒風中歸去的秋雁，面對這種情景，惟有登上高樓，沉入酣飲之中。」

煩憂不是自今日始，煩憂也沒有斷停的一端。所以，詩人嘆道：「棄我去者，昨日之日不可留；亂我心者，今日之日多煩憂。」

一個人在命運的挑撥中，總以為自己痛苦的宛如在漩渦裡掙

扎，以為日子就這樣日復一日，再也難有掙脫的一天，其實那是他不懂靈魂是前進不息的，因為靈魂的前進是睜眼看不到的。

「想那才識富贍的東漢文章，與風骨遒勁的建安詩體，魏晉以來，又有謝朓清麗俊逸的才華，這些都是心懷逸興，壯思飛騰，是讓人想要飛上青天一覽明月的心情啊。」

李白以謝朓來比喻叔雲的才華，將叔雲的才華捧的清麗壯思，捧上了青天明月之間。可是不得志啊，文才能力再好，英雄無用。

於是，詩人只好自解，為著一群酒酣的失意人找條出路，他說：「這片浩蕩的流水，讓我想抽起刀來截斷它，怎奈流水更是流個不停，舉起酒杯來澆愁，愁悶卻更覺難以消解！人生在世既不能順心，明天我乾脆披散頭髮，去駕弄扁舟，還來得寫意啊！」

一種消極的自嘲，放縱自己的腳步，不為難自己的命運，所以也不在禮節中守規矩。

一種無奈的離去，今日苦笑，預期自己明日的「算了」，其實是輕嘆：「無奈啊，無奈。」

12. 行路難　之一

李白

金樽清酒斗十千，玉盤珍饈值萬錢。
停杯投箸不能食，拔劍四顧心茫然。
欲渡黃河冰塞川，將登太行雪暗天。
閒來垂釣碧溪上，忽復乘舟夢日邊。
行路難！行路難！多歧路，今安在？
乘風破浪會有時，直掛雲帆濟滄海。

　　「金杯盛著清酒，一杯就要十千錢，玉盤裡的佳餚也要價值上萬錢。如此美酒佳餚我竟放下杯筷，吃不下去。拔起腰中的劍想要舞弄，四邊顧望，心中卻感到一片茫然若失。想要越渡黃河，凍結的冰阻塞河川，想要登臨太行山，山上被大雪遮滿。閒空的時候，垂著釣竿坐在碧溪上，忽然又夢見乘著船駛近日旁。

　　行路困難啊！歧路又多，現在路在那兒啊？假使有機會可以乘長風破萬里浪，我一定趕緊掛起雲般的大帆渡越滄海。」

　　李白這樣說著，而我呢？為了擺脫生命中的一種苦感，一種

不知何來的莫名憂傷，一種不能承受之輕，我旅行著，不知道在尋找些什麼？總喜歡往大山大水的地方去，彷彿這些瑰麗山水可以經過瞳孔，可以落到呼吸裡，可以突然地將我心填滿。所以我是明白李白的。

　　的確，行路難。人生在世，壓力越活越大，久而久之，生命好像靜止，再沒有驚喜，那股愛讓自己喜氣洋洋、神采奕奕的能量也折磨殆盡。時常待在同一個地方，只能在休息和生存間遊走，一股煩悶瀰漫在空氣間，腐臭生命傳來可怕窒息的味道，就算眼前擱著錦衣玉食，也是臭的讓人不能呼吸了。

　　李白是詩人，骨子裡的血肉淨是浪漫，流浪放逐的旅行，對他而言才是青春泉源的來處。於是他期許著，期許要破長風行萬里，他需要生命的自由。對，就是自由！要很多很多的自由，才夠餵養這樣浪漫的靈魂。

　　不能出門，不是因為外邊不好玩，而是出了門竟是找不著自己想去的地方，一顆心恍恍惚惚，找不著樂趣，而有的地方想去，卻不見得能夠去。行路難！其實生命中的每一條路都不容易，每一步都難如登上青天，然而要是不能踏出去腳下的那一步，就遑論行路了。

13. 貧交行

翻手作雲覆手雨，
紛紛輕薄何須數。
君不見管鮑貧時交，
此道今人棄如土。

翻手爲雲，覆手爲雨，人情的變化太過反覆無情！輕薄之徒不可勝數，昔日的管鮑之交，今人多鄙爲草屣。是怎樣的際遇讓詩人杜甫寫下「貧交行」這樣的感嘆？

千年前，杜甫就已經告訴我們世情宛如雲雨變幻莫測；從小就家貧的杜甫，特別感受人們笑貧不笑娼的風氣，有錢就是好友，沒錢大家避之唯恐不及。

千年之後，這首詩依舊貼切，甚而有過之而無不及。因爲錢雖然不是萬能，沒有錢卻是萬萬不能。

「金錢是招攬朋友的最好途徑，也是考驗朋友的最佳工具。」雖然對這句話頗有同感，但爲何要拿金錢去考驗友情？

沒錯，人很現實的，但是現實又何嘗不現實？朋友如果與金錢掛上關係，常常就做不成朋友，不是常有人說：「這筆錢借出去，就當丟了。」

　　鮑叔牙在管仲貧窮的時候曾經合夥做生意，每到分帳的時候，管仲往往要求多分一些，而鮑叔牙明瞭管仲是為了孝順母親才這樣做，不但不去計較，還給了他很多的幫助，所以他們倆人自始至終都是好朋友。

　　管鮑之交是一個最被期待發生的故事，但也是一種歷史最少重演的故事。人不自私是難的，我們都希望自己是管仲的時候能有鮑叔牙這樣的朋友義無反顧地幫忙；但是當我們有能力的時候，願不願意期許自己有個鮑叔牙般的肚量與胸襟？

14. 江上值水如海勢聊短述

為人性僻耽佳句，語不驚人死不休！

老去詩篇渾漫與，春來花鳥莫深愁。

新添水檻供垂釣，故著浮槎替入舟。

焉得思如陶謝手，令渠述作與同遊。

　　小孩子總希望自己長大，長大後卻又希望自己是小孩子，太多的人不能真正去面對自己的年紀，尤其是不願意老。

　　什麼時候你會發現自己老了？是發現自己的生命只有四分之一，而其他的四分之三都只剩下回憶與寂靜的時候吧。有些人是自己發現的，有些人是旁人發現，發現自己已經靠著過去的痕跡與能量生存，靠著過去的光輝與榮耀活著，而這種人也是真的老朽。

　　然而還是有些人老得很燦爛，很值得讓人讚美，他們參加各種活動，繼續進取向上，也與人際繼續互動，適應自己的身分，習慣年齡的變化，這種人讓人覺得老得可愛。可是這種人不多，

是吧？

　　像詩人杜甫正是在年華老逝中自尋到樂趣，他說：「老去詩篇渾漫與，春來花鳥莫深愁。新添水檻供垂釣，故著浮槎替入舟。」

　　人說少年不識愁滋味，為賦新詞強說愁，實在也只有經過歲月歷練的長者才對那些花花鳥鳥所帶來的心思免疫，也是因為經驗多了，人穩重了，不再輕狂了吧。

　　其實杜甫是一個自是甚高的人，看他說自己一向是「為人性僻耽佳句，語不驚人死不休！」可見杜甫嚴謹對待自己的作品，所以造成個性給人的感覺好像也就不那麼合群，其實是因為對自己要求完美。

　　一個要求完美的人，往往很難放鬆，孜孜不倦以外還總覺得自己不夠好，不過杜甫在經過時間的錘鍊沉澱後，逐漸柔軟他的心，悠閒地在大水中垂釣，想到前人們的生活悠哉如此，不由聯想到應該就像他在豐沛水中遊釣時的心情吧。

15. 尋楊即中宅即事

岑參

萬事信蒼蒼，機心久已忘。

無端來出守，不是厭為郎，

雨滴芭蕉赤，雙催橘子黃。

逢君開口笑，何處有他鄉！

　　自在的人，無處不自在。人活著就要自在，不能自在是難免的，可是我們可以學習，學習有自信，學習正面思考，學習待人接物，學習不害人不害己，學習接受付出……學會人生，就學會自在，而學會自在的人，自然走到哪都可以很自在。像詩人他們就很自在。

　　「太多的事都是冥冥中早已安排好的，常常想到這樣的道理，也就學會淡薄名利，與世無爭，即使人事很難被掌控，也會無端因事被貶到外郡出守。想到這，天空滴答滴答下起季節雨，正是芭蕉熟了的時節；而那雨聲與熟透的芭蕉，彷彿在催著橘子黃透。時光飛逝，再次與你相逢，相談甚歡之下，我倆還能夠一同

爽朗地開口笑，或許是因爲體認到不管何處都是故鄉的道理吧。」

　　詩人的文章中有「無常」的人生哲學。在這兒，詩人將無常化爲平淡，所謂「人生到處知何似，恰似飛鴻踏雪泥。」人生是好是壞，轉眼成空，又何必斤斤計較？詩人的口吻讓遷謫的命運不見愁苦，反而呈現一種無爲的豁達之氣。

　　這是一種寬宏的生活態度，未經過一些事的人是學不會的。人總要碰碰壁，將銳利的角磨鈍，就像河上游的石頭，總是又尖又銳，不美又傷人，人們不愛撿拾。到了中游時，石頭開始圓滑了，只是還不那麼漂亮，但卻是最有特色的一群。而河的下游，四處都天然整齊地疊著鵝卵般的石頭，不僅圓滑，連紋路都呈現出天然美感。人的智慧也要經過磋磨的歷程，歲月的歷練，才會產生圓滑的美感，才能自在的存在。

16. 立秋前一日覽鏡

李益

萬事銷身外，生涯在鏡中。
惟將兩鬢雪，明日對秋風。

　　女人倚著鏡子妝點青春，男人映著鏡子整理鬢鬚，除了對自
己整潔儀容，還是爲了不傷害他人視覺的權利，所以鏡子對於人
的意義，不只是自己還有別人。

　　因爲人的眼睛看不到自己，所以人們愛照鏡子，愛從鏡子中
看清自己，關照自己。然而有些人內心還在糾結，所以用的鏡子
是會騙人的哈哈鏡，在哈哈鏡中人們自以爲美麗，還在鏡子前面
搞笑耍寶，最常做的就是自欺欺人，好比自己明明是圓的，卻硬
要將自己變成長的，明明是長的，卻又看到自己是矮短的。

　　還有些人，大而化之，用的是一面模模糊糊的鏡子，連帶看
見的自己都不清楚，得過且過，生活就是睜一隻眼閉一隻眼，不
會去斤斤計較頭上那一根白髮。

　　當然，也有些人擁有的是那面完美犀利的魔鏡，小心翼翼的

從鏡子裡邊，細細端詳眼角的魚尾紋，鼻翼下的法令紋，額頭灑下的白絲，看著這些歲月的痕跡，也特別容易讓人感懷。曾經光潔似嬰兒的肌膚，染上了點點的斑點，刻上了條條的紋路，有的是黑褪成白，有的是白變成黑，從紋路的軌跡可以研判出這個人這輩子快樂與否，他的鏡子更會嚴厲真實地做出評論。

時間就是改變，人的念頭在變，觀念在變，這些在在都刻畫在人的面容上，人們互相讀著別人的表情容貌，生氣著急，快樂興奮，而再細讀下去，會發現人們細部的表情顯露更多情緒背後的真實意義。

詩人攬鏡的意義就在這了吧？清點昨日沒有的紋路與白髮，突然發現自己已是白髮蒼蒼，鬢角星星，臉上斑駁，眼前彷彿也幽晃出過去的生涯，生命的流轉剎那在鏡中迴轉千遍，所以李白也問：「君不見高堂明鏡悲白髮，朝如青絲暮成雪？」

誰說悲歡離合總無憑，鏡裡的白髮，臉上的細紋，在在是離開青春的印記。這印記刻著歲月教會我們的事，像是堅強、坦然、平易，所以詩人說，明日即使在秋風中，萬事也已銷身外。

17. 新嫁娘

王建

三日入廚下，洗手作羹湯；
未諳姑食性，先遣小姑嘗。

　　阿嬤說：「查某人的命就像油麻菜籽，飄到哪就長到哪，全憑老天爺的安排。」我從不像阿嬤這樣認命，但是，我一直相信即使女子的命運像種子，也未必只是油麻菜籽，我也相信女子能夠以智慧及特有的耐性，為自己的生命開出不一樣的花，結不一樣的果實。

　　有人說，如果要問女人的命好不好，前半生看父母親，後半生就得看她的丈夫。其實嫁了一個好丈夫有時候還不能算是完整，想「孔雀東南飛」的男女主角不正是因為婆媳問題而分手？而陸游與唐蕙仙伉儷情深，亦是因為陸游的母親聽信寺廟住持惡意的讒言硬生拆散他們，才有傷感的「釵頭鳳」。

　　因此我同意做人要有一點點狡獪與圓滑，就像王建的新嫁娘，在婚後第三天就必須下廚房擔起家務，對新的家庭習慣陌

生，公婆的口味不清楚，既不好自作主張又希望得人歡心，所以她拉攏小姑，請小姑幫她先試試口味，順道也和可愛的小姑打好關係，一舉數得。

　　婆媳問題是新舊社會共同面對的問題。一個家庭要再「加人」，本來就是一件大事，婆婆們怕新上門的是一個佔盡兒子的「閒媳婦」，新嫁娘也怕遇上一個習慣特殊的惡婆婆。

　　但無論如何，晚輩總是要恭敬長輩，行為上多一些謹慎，多展現女性的慧心，為了新家庭的和諧，虛心、細心、貼心的心情都要捧在心上。

18. 登山

李涉

終日昏昏醉夢間，忽聞春盡強登山。

因過竹院逢僧話，又得浮生半日閒。

　　人生如夢，一不小心就昏昏沉沉其中，忽而聽到春將盡了，才驚覺光陰的快逝，便趕緊把握最後的春光，再忙也要撥出時間出門踏踏青，振作振作精神。

　　人是身與心組合而成，除了身體筋骨的活動，人的心靈也要運動。心就像人生的舵，每個人都有他自己掌舵的方式與風格，舵偏了，離目的地就更遠；只有隨時校正自己的舵，才能掌握自己的方向。

　　生活日復一日，很容易因為規律患上麻木不仁症候群。為了擺脫生命中的這種苦感，我喜歡為自己做一些特別的事。

　　假日的時候去爬爬山，流流汗，享受享受森林浴；偶而做一頓大餐，吃吃不一樣的東西滿足口腹之欲；逛逛書局，逛逛街，看看新事物讓自己耳目一新；找一間咖啡廳，喝壺花草茶，讀讀

雜誌，爲自己增加一些人生的新觀點。

　　人活著有好多隨手可得的方式使生命有意義。

　　想李涉趁春日登山休憩，有緣逢僧肯定談了許多智慧之禪，豁達之語，所以才能在這醉夢人生中又得到珍貴的半日閒逸。

　　日子過得煩悶的時候，我也喜歡與有智慧的人聊天，我思故我在，和一個有氣度格調的人談話你可以從中獲得許多助益，爲自己激起不一樣的創思。

　　有時候一個人的一席話可以讓你平凡的生活激動好久，有時候也可以讓你紊亂的生命安靜下來，靈魂的運動其實就是自我的對話。因爲這樣，當自己彈性疲乏時，就代表自己太久沒有與自己好好聊聊了。

　　想要減輕自己麻木不仁的病嗎？那就要和自己好好相處，好好談談囉。

19. 井欄砂宿遇夜客

李涉

暮雨瀟瀟江上村，綠林豪客夜知聞。
他時不用逃名姓，世上如今半是君。

李涉生於中唐，早年因為安史之亂，避居南方，當時唐朝一蹶不振，使得豺狼橫行，天下老百姓沒有活路，嚴酷的現實造成匪盜四起，群雄割據。李涉曾經任一小官職，不久因罪被貶，後來被放逐，遇上大赦後他不再留心於政治，轉而寄情山水。

一日，李涉旅宿安徽皖口的井欄砂。當晚夜色一片黑淒，只有江水滔滔，江雨瀟瀟，所以李涉便於船艙中讀書解悶。趁夜，忽有一群綠林大盜前來奪掠。一番談論之後，盜匪們發現船上坐的是李涉博士，那首領便吩咐手下不許劫掠這艘船，還恭請李博士贈上一首詩。

李涉面對此情此景，一時慨然，便寫下這首七絕，調侃道：「我本打算隱居避世，逃名於天下間，看來也不必了，因為連你們這些綠林豪客都知道我的姓名，更何況『世上如今半是君』呢！」

開元盛世，路不拾遺，夜不閉戶。而今「世上如今半是君」，其實是多麼深沉的感嘆！這幾年，全球的景氣不好，股市大跌，失業率攀升，一時作姦犯科的人口激增，電視上每天都有不同的新聞快報，很多的壞消息令人鬱悶極了。有車要防偷車賊，走路要注意綁架，坐在家裡要擔心有無樑上君子……社會給人的不安全感越來越多，該怎麼辦？

不喜歡給小孩子看電視這是其中原因之一，唯恐孩子在如此這混雜的染缸中受到錯誤的導引。但還是不可避免的，一次，小孩子問我：「為什麼電視上每天都有壞人搶劫？為什麼他要做壞事？」這句話隱約刺痛了我。沒有透過孩子單純澄淨的眼睛，我都已經根深蒂固地以為「每天都有人做壞事才是正常啊！」

20. 自詠

韓愈

一封朝奏九重天，夕貶潮陽路八千。

欲為聖朝除弊政，肯將衰朽惜殘年。

雲橫秦嶺家何在？雪擁藍關馬不前。

知汝遠來應有意，好收吾骨瘴江邊。

　　二○○二年，台灣佛教界第一大盛事，便是星雲法師迎接「佛指舍利」的到來，「佛指舍利」環島一周，先後在中台禪寺、佛光山等地安奉，大批信眾前往參拜，深以為殊榮。這使佛教界氣象為之一新，也聚集了各個不同的門派，是難得一見的大團結，大獲好評。

　　在陣陣的歡呼聲中，無可厚非一定也有人議論著佛指舍利的真實性，而歷史上代表性的人物就是韓愈了。當時唐憲宗迷好佛法勝於一切，韓愈力諫「迎佛骨入大內」，觸怒人主，幾乎被定死罪，經同僚大力說情，才由刑部侍郎貶為潮州刺史遠放。

　　韓愈應該是不後悔吧？他明明知道結果會這樣，也抱著必死

的決心上諫。這詩還有一題是〈左遷至藍關示姪孫湘〉，當他來到藍關的時候，他的姪子也趕來陪他一段，於是韓愈慷慨激昂留下這首詩。眞是一封朝奏九重天，夕貶潮陽路八千啊！

「爲了除弊端，我這殘朽的生命算什麼？只是遠離家鄉，前路艱難，連馬都不願意向前。我知道姪子你遠道而來是有情意的，將來如果我不幸老死潮州，你可要來爲我辦理後事啊！」

「總爲浮雲能蔽日，長安不見使人愁。」雲橫秦嶺，自然也不見長安，名爲聖朝卻如九重天一般遙遠，這一貶更遠了，以後還要再加八千里路的雲和月，才能再爲聖朝盡心了！而這以後，還有人敢上諫書嗎？

21

竹枝詞九首 其七

劉禹錫

瞿塘嘈嘈十二灘，人言道路古來難。
長恨人心不如水，等閒平地起波瀾。

　　瞿塘峽是長江三峽之一，兩岸連山，水聲嘈嘈，水流急湍，
峽谷中尤其多礁石，多石灘，船不能行經。詩人所說的十二灘，
只是一個虛數，正形容形勢之險要，如果不是常在那兒來去的船
夫，恐怕是不敢隨意行舟的。

　　景，總容易勾起人們對生命的感嘆。一個曾經被放逐二十三
年的落魄人，屢受小人誣陷，權貴打壓，人生的痛苦也不過如
此，莫怪他要憤世嫉俗了。

　　望著波瀾洶湧的瞿塘峽，險阻重重，正似小人興風作浪，無
事生非之狀，讓詩人感嘆人心世態的艱難凶險，瞿塘峽中有重重
石灘，所以凶險，但是人世間卻連等閒平地都會起波瀾。

　　生活中總有時候會遇上不如意的事，有部分的事更是讓人防
不勝防，那部分就是屬於別人的算計，上過當的人都知道，要防

這道關卡何等之難。

　　一直以來，就聽聞戴枚尾戒可以防小人，是真是假不由得知，但是卻不自覺地觀察起別人的小指。然而，先不論這些人是否因為容易遭遇讒言之災才戴尾戒，有些帶尾戒的人本身就是十足小人嘴臉，有些帶尾戒的人也是八卦一族，真正不八卦的人卻常不見小指中有護身符。

　　「沒來沒去沒代誌」正是退一步海闊天空的心意，我們可以忍讓，可是世界上還是有許多的陷阱，圈套，抹黑，仙人跳，金光黨，一切的一切在在證明人心可畏。而我以為要破除這些事情，只有自己行的正坐得直，是非公道自有分曉，所以小指上應該戴的是「正直」這道護身符才是啊！

22. 題烏江亭

杜牧

勝敗兵家事不期，包羞忍辱是男兒。

江東子弟多才俊，捲土重來未可知。

　　項羽在烏江自刎的故事還在耳邊吧？群雄爭霸之際，項羽自信地帶著江東子弟八千人西進與劉邦一爭天下，不料八千子弟盡殲，當時項羽一路潰逃至烏江，烏江的亭長建議項羽渡江回江東再重起爐灶，但是項羽卻因為愧對江東父老們深切的寄託還連累那八千子弟的生命，終於選擇在烏江邊結束生命。

　　一代英雄可歌可泣的故事，最後還是斷送在自己手裡。螻蟻尚且偷生，項羽竟然可以選擇自刎，他的壯烈是值得佩服的，但是他的決定卻是不值得學習。至少在詩人杜牧的眼中，逃避就不是男兒該做的事。

　　想想，有什麼事情可以絕望呢？太多了，對不對？人在面對自己困境的時候，都是最痛苦的。那痛苦好似手腳被綑綁，眼睛被矇住，心臟被緊緊勒著，缺氧喘息，無奈竟是脫逃不出。

很痛苦的事情很多，這其中又有多少事情可以「絕對地」絕望呢？

　　很多人在痛苦的中間做出不一樣的選擇，有人決定不再與命運奮鬥，也有人願意真的面對自己的絕望。而選擇面對的人，他一定不會走向絕路。因為詩人說的好，勝敗乃是兵家常事，能夠忍辱負重才是真正的男兒。再仔細想想，其實我們的週遭都有許多資源，許多機會，捲土重來的機會還怕沒有？

　　或許你說項羽不是句踐，項羽就是項羽。的確，項羽就是不會去學句踐忍辱復國的那一套，更何況也不會再有第二個吳王夫差。任何一個人都沒有資格去批評別人的生命，沒有人想要過得不好，也沒有人願意糟蹋自己，所以遇上困難也不應該放棄，就當這些是今生該修的課題，試著去面對看看，不當懦夫。

23. 汴河阻凍

杜牧

千里長河初凍時，玉珂搖佩響參差。
浮生恰似冰底水，日夜東流人不知。

汴河在河南省，河南的冬天氣候寒冷，雪花飄飄，河川的水都會結冰。結冰的河寒氣逼人，白色的冰霜猶如白玉凝結在河面四周，形成河畔美麗的冬景。河面結冰，看來一片靜止，但底下的水依舊川流不息，仔細一聽，水夾帶著冰，叮叮噹噹的聲音宛如白瑪瑙、玉佩相碰撞的清脆響聲。

人生在世，虛浮飄渺，就好像是那冰底下的河水，日夜不停地向海流去，但人們卻是一點也不察覺。生命的流逝又何嘗不是如此？表面看來，好像一點變化也沒有，人們的青春年華，卻在不知不覺中悄悄地流逝了。

人醒著，時鐘一秒一秒地跳走；人睡時，時鐘的腳步也不會停止，而當眼睛一睜開，時鐘又走了好大一步，一天天不停地繞圈圈。

日曆是家家戶戶難以缺少的東西，它也算是日用品吧，沒有日曆還是一件麻煩事呢。循著大自然的遊戲規則，我們每天都要撕下一張，少撕多撕世界都不會因而不同，只是會困擾自己的腳步。

　　時間分分秒秒地跳，一下子就一天，日曆一張張地撕，不知覺中也過完四季。每次過年的時侯都要在舊曆的位置換上厚肥的新日曆，也總要擔心牆上的釘子承受不了再一個三百六十五天的重量。然而一天復一天，牆上的日曆看來還是如此肥厚，一點都不讓人知覺光陰的快逝，只是終於有一天還是會薄到讓人害怕，但這日子不會持續太久，因為很快又再換上全新的另一套日曆。

　　日子一天天地流失，堆積出成長，堆積出皺紋，堆積出不可計量的寶貴光陰，只有對生命感受敏銳的人，才能感嘆浮生若夢，否則他的歲月還來不及被感嘆就已結束，就像一秒秒跳走的時鐘，就像一張張撕去的日曆，就像日夜東流的冰底水。

24. 送隱者一絕

杜牧

無媒徑路草蕭蕭，自古雲林遠市朝。
公道世間唯白髮，貴人頭上不曾饒。

山路幽靜，芒草也恣意地長，從來高雲與山林就遠離人煙喧鬧。世間最公道的就是每個人都會年華老去，即使你是極為富貴的人也不可能被輕饒。

有人說人生而平等，但是我卻不以為然。有的人天生長得醜，有的人俊美，有的人生在富貴之家，有的人賤如草履，有的人聰明，有的人駑鈍，有的人白，有的人黑。怎麼能說人生而平等呢？

我以為是人死而平等吧。不管一個人曾經是何等卑劣，何等尊貴，何等醜陋或是何等美麗，終究會老，終歸要死。雖然老的過程不平等，但是一個人死的結果卻是一樣，寂滅。

是以「公道世間唯白髮，貴人頭上不曾饒。」這句話是很深刻的警語。

曾經站在育嬰房外看過那些並排躺著的小嬰兒嗎？嬰兒單純清澈的眼睛，柔軟紅通的肌膚，圓滾滾的身體，加上會勾起人無限憐意的笑容醋樣，在在讓人無比憐愛吧。小小的生命看起來是如此的相似，連想活下來的蠻橫和本能都是如此理直氣壯。

　　然而人在生活中努力著，為的不只是理直氣壯的生存，及一心想要成為不凡的人。所以逐漸有了分別心，為富為貴，對生命的積極意義遺忘，彷彿有了富貴權力就可以主宰世界。錯了！當雲雨輾轉，花草代謝時，世間也不會為任何人停佇一分一秒的。對於迷惑在富貴浮雲間的人們，這一絕真是當頭棒喝！

　　權力或許宛如魚尾紋增生而來，但頭上的黑髮也隨著歲月不停地褪色，每個人都以類似的模樣變老，邁向死亡，當然名利富貴也要畫下句點。而這位詩中的隱者，已然看破紅塵世俗的虛名牽絆，他一定和詩人談論過這樣的話題，就是時間實在是最公道的，不管你的身分為何，每個人一天都只有二十四小時。

25. 贈妓雲英

羅隱

鍾陵醉別十餘春，重見雲英掌上身。
我未成名君未嫁，可能俱是不如人？

羅隱一生懷才不遇，他年少英敏，很會寫文章，卻屢次名落
孫山。幾次以後就依託在一些節鎮幕府，十分潦倒。羅隱當初以
寒士身分去參與考試的時候，路過鍾陵，認識當地一位名叫雲英
的歌妓，可是雲英並不喜歡他。十多年以後，兩人不期而遇，見
雲英美麗依舊，未離風塵，仍是一個歌妓，更不料雲英一見面就
驚詫道：「怎麼羅秀才還是布衣？」使得羅隱不禁感慨「難道真
是我們不如人嗎？」於是便寫下這首詩送給她。

朋友說：「我最想做一個成功的人，因為只有成功的人才敢
寫回憶錄，才敢回頭看自己的過去，而且你變得再老再醜都可以
被原諒。」沒錯，我附和，我也是那種躲起來不參加同學會的
人，所以我了解。

朋友又說：「最怕在路上碰上很久未見的老同學了。總是問

『現在在哪裡高就啊？』、『結婚了沒？』、『我們都老了。』這樣的對白更是令人懊惱不已。臨走前再留張名片，親熱地叫我與他聯絡。為什麼我碰到的人都有名片？改天我也去印幾盒。」

「人的際遇不同嘛，咳咳。」我只能乾笑。

是啊，人的際遇不同，努力不同，命運不同，若是硬要比較，只是為自己徒增煩惱。重要的是自己有沒有更進步，一年前的自己與一年後的自己，有沒有長進？

雖然時光一直流逝，年華也會老去，但不一定人就會變醜。林肯說四十歲以後的人要對自己的相貌負責，人的長相或許是父母所生，不過隨著時間的成長，內心的修為會逐漸改變人的面相，只有自己努力增添內涵，那才不致馬齒徒長。人的際遇不同，所以要和自我比較，回首從前，再看看鏡子，當智慧真隨著眼眸流露，微笑也能在嘴角上自由展現，命運就綁不住這成熟的生命了。

26. 自遣

羅隱

得即高歌失即休，多愁多恨亦悠悠。
今朝有酒今朝醉，明日愁來明日愁。

羅隱的「自遣」一直膾炙人口，很多人常把這幾句話掛在嘴邊。在與三五好友小酌的時候，更拿「今朝有酒今朝醉，明日愁來明日愁。」調侃勸酒。

嚴肅的人會覺得這話真是胡鬧。不但給墮落的人藉口，還教壞了許多認真的人。上聯還好，教人「有所得就開心，沒有就罷，再多愁怨都會成空。」下聯竟然教人「有酒就喝個醉，明天的事明天再說。」這樣的論調聽起來很詩意卻讓人感覺相當不負責任哪！

事實是，這般的生活哲學需要一個積極樂觀的前提。否則要是朝朝都有酒呢？雖然胡鬧之中自有哲理，偶作胡鬧之事也是智者所樂為，但若天天胡鬧可就離題了。

不過，一旦你知道知道詩人的背景，一定會對這詩生有淒涼

之情。羅隱是一個空有滿腹才華卻窮愁潦倒之人，到處碰壁的際遇，讓他在一種被拘囚的生命感中發展出一套屬於他自己的淡泊哲學。這套哲學幫助詩人的心理狀態得以獲得平衡不致瘋狂，而讀詩的人倒也一同浪漫飲用了。

有人說「酒是男人的眼淚。」你認為呢？我想是的，如果酒不是，那為何人都說「男人都將眼淚往肚裡吞」？

不過，照這詩讀來，羅隱恐怕是吞多了。酒苦眼淚鹹，酌得剛好，則兩者對身體很有幫助；太多或太少，就不是自遣而是自虐囉。

一個自虐的人恐怕不是那麼可愛呢！所以我認為，這詩如果是聽一個很努力向上的「硬漢」或積極於人生開創的「鐵娘子」讀來，才更是有味道吧。你呢？你自己是否能品出這詩的豁達韻味？

27. 鸚鵡

羅隱

莫恨雕籠翠羽殘，江南地暖隴西寒。

勸君不用分明語，語得分明出轉難。

據說鸚鵡產於寒冷的隴山以西，所以又稱「隴客」。鸚鵡是種會學人講話的鳥，牠的羽毛很漂亮，所以常被養來觀賞狎玩。後來人會以鸚鵡譏諷胡亂道人長短者，就像今天的「報馬仔」、「爪耙子」。這種編撰八卦是非者一向為人所厭惡，但人性的疑懼面卻使這樣的習氣日增。

當時五十五歲懷才不遇投靠江東錢鏐的羅隱，因為疑懼錢鏐，又想到自己備受壓抑的命運，雖說「莫恨」其實是有「恨」的。看見籠中的鸚鵡，矛盾油然而生：「身在大環境裡總有一些時不我予的痛苦，所以也不要恨羽毛被剪，又被關進雕花的籠裡，至少這裡比你的家鄉還溫暖。而且你也不要將話說得太明白，語言不慎是會招致禍害的啊。」

民主社會的言論是被保障的，因為享有大量的自由使我們常

會忽略它的重要。記得前幾年去大陸遊歷的時候，參觀一些台商的工廠，一轉進工廠的廠房就是一大塊寫滿紅字的精神看版掛在上方。上面寫著一條條的規章，「不得散播謠言，違者開除」、「不得越級打小報告，違者罰XX元」……。

這些內容看得不知情的人一愣一愣的，經過旁人的解釋才知這是極權思想改造後的結果。因為人們早養成鬥爭別人的心態與思考方式，造成原本自由的工廠烏煙瘴氣，主管們想盡辦法讓這症狀減緩，這看板就是結果。

這些老闆們也是有苦說不出，因為話一旦亂說，可是會惹禍的。罰個幾元或是開除幾個員工對老闆都是小事，那謠言所帶來的麻煩風波，哪是這樣就可以解決的呢？

這一席話嚇得我這傻愣遊客在悠遊於美景之外，只有沉默是金。

28. 利洲南渡

溫庭筠

澹然空水對斜暉，曲島蒼茫接翠微。

波上馬嘶看棹去，柳邊人歇待船歸。

數叢沙草群鷗散，萬頃江田一鷺飛。

誰解乘舟尋范蠡？五湖煙水獨忘機。

　　句踐復國除了忍辱負重，還靠著范蠡與文種為他效命。然而，功高震主，句踐開始擔心這些臣子雖然現在稱臣，難保哪一天不會踐位，於是復國成功後開始誅殺功臣。當時，文種不聽范蠡的勸告辭官，終是落得走狗烹的下場。而隱退的范蠡為了逃避句踐的追殺，據說一路潛逃到了太湖一帶。最後與西施落腳在美麗的五湖，從此隱居過著平凡商人的生活，成了富甲一方的陶朱公。

　　聰明的范蠡經營自己的生活，喜歡帶著西施悠遊於五湖之上，享受人間愜意的一刻。就不知詩人有著什麼樣的憂思，才要羨慕范蠡能醉在這五湖的美麗煙水之中，將世間的心機訛詐都給

遺忘在身後了。

　　也不知那湖上風光又是怎樣地美呢？詩人渡船描寫道：「一片迷濛空寂的水波映著落日的微霞，曲折的洲島遠接著山色蒼茫。在船上馬嘶聲中眼看渡船漸漸地遠去，垂柳旁有人歇足等著渡船再駛回來。幾叢沙地野草上一群鷗鳥飛散，萬頃江畔的水田間一隻白鷺鳥遙遙飛去。」

　　他說，又有誰知道我乘船是在尋找范蠡呢？像他陶醉在五湖煙柳中，獨獨能忘記人間的奸詐而與世無爭。看來溫庭筠也很想要與范先生一樣過著與世無爭的生活呢。

　　人們的心中都有一座屬於自己的桃花源，那是一個可以供自己逃離混亂人事的地方。有的是自己的家，有的是路邊的一間咖啡館，有的是頂樓的陽台……。每個人躲匿痛苦的地方都不一樣。有時候，我喜歡躲在音樂裡，讓音樂蓋過所有的理智。或者是什麼都不做，讓周遭一片空白。或是出門去開車，兜兜風再回來。

　　在現代的都市叢林裡，想找個湖不知有多難！又哪來的煙水呢？莫怪現代人是要生些頭痛病。讀了詩人的詩，是不是也想去湖上泛泛舟，紓解紓解身心？

29. 有感

李商隱

中路因循我所長，古來才命兩相妨。
勸君莫強安蛇足，一盞芳醪不得嘗。

李白感嘆「古來聖賢皆寂寞」，李商隱也感慨「古來才命兩相妨」。似乎自古以來，一個人的才華與命運，常常是要相剋妨害的。

愛看漫畫或電影的人都知道香港著名的漫畫家馬榮成。馬榮成所畫的《中華英雄》、《風雲》這兩套漫畫，已引領風騷十多年，仍是漫畫界不敗的至尊教本，這兩個故事最近還被拍成電影與電視劇，喧騰一時。

如果用一種很現實的角度來觀察這個社會，很難想像為什麼區區的紙上漫畫竟能喚起人們的共鳴，使得抽象的劇中人物就像一個曾經真正存在過的精神領袖，領導著讀者們的一言一行？

說穿了，就是人們始終認同著「英雄寂寞的宿命」。

文字工作者陳文瀾分析過這兩套漫畫。《中華英雄》是馬榮成所有漫畫的原型，「華英雄」被詛咒終身孤獨的天煞孤星命

格，停不了召喚不幸、殺戮與復仇，以及一己之力扭轉國族命運的人生，更是馬榮成筆下所有主角逃不開的共同悲劇宿命。

《風雲》的「無名」則是華英雄的古裝版，更是馬榮成人物設定的完美典型。一代武林神話、中華正氣所繫，不但剋死生養他的兩個家庭，漫畫中曾教過他武功的師傅無一不死於非命，武林因他出現從此蕭條，後來愛妻更慘遭師兄破軍設計毒殺，使他在二十二歲就心灰意冷隱姓埋名。

當然，敵人並沒有就這樣放過他。甚至，他的徒孫「步天」在領導武林時，都沒有機會好好展現過武功，還不斷被身邊的人出賣，或中毒或斷臂或被廢武功。《風雲》的兩位主角步驚雲和聶風亦然，配角懷空、皇影、二代劍聖無不如此，第三部的易風與神鋒也沒有例外，人生一大半都在受傷跟養傷，跟他們沾親帶故或有情愫者，若非家破人亡，就是終生孤苦。

這就是英雄嗎？天煞孤星的命運，吸引了人們最寂寞的憐憫，湧接而來的不幸彈醒了人們愛虐的性格，人的潛意識在英雄悲劇中解套，而人真正的本尊只好繼續安天知命地在人間生存。

30.
北青蘿

李商隱

殘陽西入崦，茅屋訪孤僧。

落葉人何在？寒雲路幾層。

獨敲初夜磬，閒倚一枝藤。

世界微塵裡，吾寧愛與憎。

　　夕陽已經西斜，逐漸沒入山裡。山路是崎嶇的，這偏寂的山中並沒有太多的人煙，只是住在山下的自己偶爾想到的時候，會上山去拜訪那位獨自住在山中茅屋的僧人師父。

　　大多的時候，也不明白自己真正想要向他尋求開示些什麼人生的禪理，只是一段時間後，總忍不住要上山去與他聊聊。就像是與一位很有智慧的老友相談吧，這位孤獨的師父總能在言談舉止間，幫我找回人生的平靜。

　　今兒來到這，只見滿地落葉，人卻不知何在？只見悽寒的雲靄籠罩山間，也不知道山路要繞了多少層。殘陽、落葉、寒雲，什麼樣的心情竟是與這場景相融相合？愛恨離合，色不異空，空

不異色，色即是空，空即是色，受想如是，應復如是。

　　想他總在傍晚時分獨自敲著玉磬，清亮的磬聲，迴傳山間，山中的意境悠悠，與他掛單的我，亦分享著他的無欲無求，那是一種滿足的喜樂，只是愚昧的自己並不是自己真正證悟而得這樣的果，靠的是師父的果樹啊。

　　有時師父心情閒暇地在院裡倚著一枝藤杖，遠眺前方山景，他好像也成為山水中的一部分。我只能將潑墨山水的灑脫、淡然，深深淺淺地映入眼簾，將大地納入心胸，將心胸還歸大地。

　　只是我們都是一般人，都是平凡人，談到虛空得道就是妄談了。人在大千世界也不過是像其中的一粒微塵，還有什麼是一定要喜愛或憎恨的呢？

　　喜怒哀樂本來就在於一心，只要你有所希望期待，心情必然隨著那些想法而變。當你有所執著的時候，情緒也不可能不起波瀾。只有以謙虛的心修持自己的念頭，時刻提醒自己明心見性的道理，才能放下眼前的執執著著。啊，世界微塵裡，吾寧愛與憎。

活在當下的靈魂

人生處處是清歡，成功的
結局絢爛耀眼，但請別忘
了欣賞途中的景緻萬千。

1. 宴城東莊

宋之問

一年又過一年春，百歲曾無百歲人。

能向花間幾回醉，十千沽酒莫辭貧。

　　年輕的生命總是以許多藉口為自己找樂子，仗著體力無窮，日以繼夜地遊嬉，即時行樂的心態，著實令長輩難以接受。所以一些耳提面命的話，「青春有限」，「不要浪費生命」，「日上三竿」……倒背如流。

　　想當個享受青春又沒有被叨念過的人，恐怕是少之又少。不過年輕的生命很有意思，總是不怕痛，不管身邊的挫折何其多，就是固執在玩耍上，週邊的其他事物竟是塞不進青春的感官裡。

　　大學時和兩位同學在外分租公寓，其中一位室友讓我佩服不已，從認識他以來他總是努力在玩。有一段時間，一天二十個小時沉迷在電動，每天為了破關，不停地為主角練功。有一段時間，同時參加三個社團，每晚都有不同的應酬，他媽媽打電話來總是室友接的。然而他卻是那少之又少中的一個：他的父母從不

叨念，看得叫人好不羨慕。有本事的他，雖然好玩，卻從不缺課，更讓人跌破眼鏡的是他的成績從沒被老師當過。連專當人的「林當鋪」及「李大刀」都沒能讓他重考。

「你考試作弊喔！」認真的人都不及格了，為什麼這拼命玩的傢伙能通過測驗？實在值得狐疑。

「胡說八道，你哪一隻眼睛看到了？」他喜孜孜又得意地笑著。

「就是沒看到才問你啊。明明我讀書的時間比較多，你看起來也不比我聰明。哪有那麼多好狗運！」

「我不過是專心上課而已。誰回家想讀書的？因為不想讀，所以上課的時候就全心全意地用心。你看過我上課講話或蹺課嗎？都沒有吧。要玩就盡力玩，該讀書就專心讀書，我不想浪費時間。」

很久以後，我才知道這就是「活在當下」。日子在過很快，分分秒秒的「等一下」很快就積累出驚人的懊悔。

我們常祝壽星長命百歲，以為擁有較長的生命，彷彿就有更多的機會，然而這世界上有多少百歲人瑞？如果沒有活出屬於自己的意義，又有何用？

代悲白頭翁

劉希夷

洛陽城東桃李花，飛來飛去落誰家？

洛陽女兒惜顏色，行逢落花長嘆息。

今年落花顏色改，明年花開復誰在？

已見松柏摧為薪，更聞桑田變成海。

古人無復洛城東，今人還對落花風；

年年歲歲花相似，歲歲年年人不同。

寄言全盛紅顏子，應憐半死白頭翁。

此翁白頭真可憐，伊昔紅顏美少年。

公子王孫芳樹下，清歌妙舞落花前。

光祿池台文錦繡，將軍樓閣畫神仙。

一朝臥病無相識，三春行樂在誰邊？

宛轉蛾眉能幾時？須臾鶴髮亂如絲。

但看古來歌舞地，惟有黃昏鳥雀悲。

美人們總忍不住要對著鏡子輕嘆自己的美麗，總喜歡仔細檢

視自己的蔥蔥玉手，總斤斤計較著身上的一分一毫，因此美人們比凡人更怕遲暮，也更怕在人間現白頭。人說，紅顏薄命，因為紅顏要擔心青春易逝，要擔心蜂蜂蝶蝶的沾惹，還要維護那一股被眾人呵捧出來的傲氣。傲氣宛如光芒一樣刺耀人的眼，自然讓人不敢高攀，習慣了，也就過不起平凡黯淡的生活，更不能忍受自己的美麗如花凋零，然而凋零卻不可阻擋。

是以，年年歲歲花相似，歲歲年年人不同。人事的滄海桑田不能與永恆的大地比擬，花凋會再開，人生卻只有一次盛開的機會，一次就要讓美麗綻放到足以支撐自己年華老逝。

男人與女人的寂寞來自不一樣的地方，女人們為著自己的美麗與命運，男人們卻是在體力與權力之間努力。「宛轉蛾眉能幾時？須臾鶴髮亂如絲」詩人講洛陽女兒好顏色，卻又殘忍地將臥病白頭翁取出，對照光陰的週期與無情。老翁本也是紅顏美少年，又如何？曾經天下也是他的，瀟灑如仙，翩翩風度，如今也已慣看秋月春風，多少故事也只能盡付笑談中？

一向沒有甘願老去的人，人與命運抗爭之外，還要與時間賽跑，多麼辛苦，所以詩人說，即使過去多少錦繡歲月，古來歌舞地已經蕭條，也只有黃昏的鳥雀在悲鳴了。

3. 哭宣城善釀紀叟

李白

紀叟黃泉裡，還應釀老春。

夜臺無李白，沽酒與何人？

酒在現代有太多不同的種類，紅酒、白酒、啤酒、米酒、麴酒、藥酒、紹興酒、威士忌……五花八門，酒類豐富，品質也都有公賣局把關，不准私賣。

而古時的酒不像現代這樣豐富，絕大部分是穀物釀成的酒，像大麴酒就是經典，再則唐代的酒並未嚴禁私賣，私酒靠的是酒店的巧手技術。可想而知，能釀製好酒的師傅不是到處都有，所以會釀酒的師傅更是自成一格。

雖然，是酒就可以醉人，但不是每一種酒都是我們愛喝的，就好像是吃麵吧，普通的一碗麵，在任何一家麵店都可以讓人吃飽，但是這碗麵能不能滿足顧客的味蕾就要看師傅的手下功夫。而既是酒仙又是詩仙的李太白，一向可以為了好酒而瘋狂，如今詩中這位能釀好酒的紀叟已不能再釀酒，自然讓李太白深深惋惜。

事物會消逝，是因為人也會消逝。詩中的紀叟消逝，人們便再喝不到他所釀的酒，因此喜歡喝紀叟釀的老春酒的李白用最單純的口吻渲染一片懷念的傷感，傷感老師傅的過逝，和那獨屬老師傅的老春酒，莫怪要問：「我李白還未到冥路，從此以後我要到哪買酒呢？」

　　李太白下筆不哭悼死亡，只是想像著紀叟還在黃泉下釀酒。很多時候，對於逝去的事物，我們也會有許多天真的謬想。

　　記得很久以前讀過一篇印象深刻極短篇：有許多小學生上學後還是很依賴家人，常常忘東忘西，所以下課時間總會去公共電話前排著長長的隊伍，希望和媽媽說說話，或是要媽媽記得帶些什麼東西給他，而來不及打電話的小學生還會懷著一些難過和著急回去上課。在這群穿著可愛制服的小孩中，有一個怯怯的臉孔總是用欣羨的眼神看著那隊伍，卻從沒上前去打過電話。

　　有一天，他也去排隊了。很驕傲地投下零錢之後撥了幾個號碼，他急著說：「媽媽，媽媽，我今天很乖很乖，你好不好？好不好？……」說完之後，小學生便蹲在地上哭了起來。聽聞消息趕來的老師拿起電話一聽，卻聽到話筒傳來很大的聲音：「您撥的這個號碼是空號，請查明後再撥……」

4. 登科後

孟郊

昔日齷齪不足誇，今朝放蕩思無涯。

春風得意馬蹄疾，一日看盡長安花。

　　孟郊曾經兩次落第，生活鬱鬱寡歡，一直到四十六歲那年才進士及第，當時他還自以為從此可以龍騰虎躍，飛黃騰達，直奔九重天了。因此他便將那滿心歡喜，得意之情化成這首意氣風發的小詩。這小詩裡還留下「春風得意」、「走馬看花」這兩個後人熟知的成語呢！

　　唐制是秋試春榜，就是在秋天應試後，隔年春天才放榜。放榜時，得知高中自然歡喜，且當時長安正值春風輕拂，百花盛開，加上詩人欣喜若狂的心情，在詩人眼中真是說不出的美麗快活。所以詩人臉上露出萬般得意的笑容說：「從前的窩囊就不要再提了，此次金榜題名，鬱悶之氣盡散，心中真是說不出的得意暢快，哈呵！今兒的馬蹄特別輕快疾飛，瞧我馳騁馬兒一天之間就可以把長安花紅看盡！」

　　長安花開無數，豈能一日看盡？雖無理，卻是真情，對於不

可抑制的開心，孟郊眞是誠實地淋漓呈現，你還能再找到更切中「得意」的作品嗎？

中國文人含蓄修養，從來不容自己顯得如此曠蕩驕傲，甚至有人因爲這首詩，批評孟郊輕浮虛華。其實這才是人的眞性情啊，想我們升官發財、功成名就，特別是接到令人樂透的放榜消息，比起孟郊或許更是得意洋洋。

所以，開心就開心，爲什麼開心要怕人知道，開心也是因爲自己努力過再加上一點好運氣得來，爲什麼要躲起來開心？人有喜怒哀樂，只要不傷害別人，多多發洩，身體才會健康，EQ才會進步。懂得分享別人喜悅的人，表示他也這樣喜悅過；不懂得分享別人喜悅的人，EQ會高嗎？

5. 晝居池上亭獨吟

劉禹錫

日午樹陰正，獨吟池上亭。
靜看蜂教誨，閒想鶴儀形。
法酒調神氣，清琴入性靈。
浩然機已息，几杖復何銘。

　　和大自然相處是一件很感性、很愉快的事，每當身上積累太多塵埃總想回到自然的懷抱洗滌一番，畢竟在灰色叢林的底層生活久了，人的敏銳度會越來越低，自我的價值感也隨之降到低點。

　　詩人處在恬靜幽雅的環境，懷著閒淡自適的心情，坐在亭中，看見勤勞的蜜蜂積極地工作著，合群勇敢的生命態度，將辛苦換成香蜜，從中得到啓發鼓勵，令他受益良多。再想到高貴的情操，腦中映出鶴的高尚神情，就像謙謙君子的儀態，正是詩人自己效法的對象。

　　飲酒、撫琴是一種娛情悅志，排遣愁緒的方法。喝酒亦分許

多種，解憂縱情不是詩人的目的，詩人是以小酌養生。科學研究也證實每天固定小酌一杯酒對人身體有益，因為酒可以促進人的血液循環，使氣血更佳。當然這不會是詩人所知，而是老祖先們的智慧了。酒以養生，悠悠琴音自然便是性靈的昇華。

心胸開闊，心機早已忘懷，何必再為几杖作銘？為杖作銘的意義在於自警或勸誡。詩人為國的政治抱負在此就說分明了。何必呢？為國憂患，換來的卻是兩度放逐，何必再做這等傻事！

現代的生活型態、價值觀都不一樣了，「時不我予」的人有，翻身的時間卻快的多，於是平常便要好好修持自我，增加自身的條件，跳脫我執，多觀察多感受週邊的事物，蟄伏機會到來，得以有朝展翅飛翔。

6. 對酒

蝸牛角上爭何事？石火光中寄此身。
隨富隨貧且歡樂，不開口笑是癡人。

　　因為只是個平凡人，自然七情六慾纏身，汲汲於名利，汲汲
於情欲。天天準時上下班，謹守生活美德，背誦很多座右銘，還
是平凡人。

　　一個平凡人，最常陷入「比較」這個陷阱，每天為人間事氣
憤痛苦，為人間事斤斤計較，而這些行為往往只有別人看到，自
己並不自覺，結果一切就像是輪迴宿命般地在裡邊糾結著。有天
當自己有幸跳出的時候，一定只能覺得又悲哀又好笑。

　　有句出自莊子的成語「蝸角虛名」，形容世俗虛名的奔競，有
如蝸牛角上的戰爭。所以白居易寫「蝸牛角上爭何事？石火光中
寄此身。」

　　一個人活在這世界上，就好像侷限在那小小的蝸牛角上，明
明環境是很大的，可是我們所能思想的，所見識到的，不過就像

是站在那小小的蝸牛角上，因此有什麼好爭的面紅耳赤？生命的短暫更如石頭相撞的火花，不過瞬間存在過而已。

哪個人不爭？每個人都以自己的方式在爭，爭著做人上人。說「不爭」的人不是也在和他人爭誰「不爭」的比較多？

我不需要比較，我期許自己是一個平凡人。平凡真的是種幸福，只要有手有腳，身心健康，沒有克服不了的難題。因為在這社會的真實面中，有許多身心障礙的不平凡人，要付出比一般人更多的努力與辛苦，才能爭取到和平凡人一樣的待遇。不平凡的人流的血淚要比平凡人多，是不是？

所以在對酒高歌的時候，何不聽聽大詩人說的「隨富隨貧且歡樂，不開口笑是癡人。」

笑一笑吧，越是平凡的人越不需要拿不快樂來懲罰自己，在蝸角上我們都是平凡人。

7. 劍客

十年磨一劍，雙刃未曾試。

今日把示君，誰有不平事？

「路見不平，拔刀相助。」讀這詩彷彿見到一個初出江湖、躍躍欲試的俠客，又彷彿見到初生之犢不畏虎的情景。一個劍客所為何事？自當是期許自我能夠平冤伸義。意像中的劍客也應該是豪情萬丈，俠骨柔情，就像是金庸筆下的人物。而十年才得以磨上一劍，可見這劍更是非凡物。

只是「十年磨一劍，雙刃未嘗試。」這話怎叫我無端從腦海中憶起自己初出社會的感受？「今日把示君，誰有不平事？」那時的自己的確是十足傲氣也太輕狂！

當時找著第一個工作很是高興，總覺得十年寒窗無人問，今天終於有機會能夠一展長才，自然極想試試。真正工作後，當然發現現實不是幻想中這麼一回事，社會新鮮人實在太嬌嫩，行事太順遂也太驕傲，不懂人情世故，做事缺少經驗，莽撞得罪許多

人不自知，還搞了許多糟糕事。

　　哎，自己都顧不及了，還眞能路見不平？讀了很多書，也練了很多空招，沒有實戰經驗還是一場舞龍弄虎。年輕人雖有滿腔熱血，卻也教前輩竊笑不已。

　　次次挫折，次次教訓，逐漸將鋒芒收斂。方了解一個穩重之人，才是令人倚賴的對象。所以做人應該要做個讓人放心的人，讓人覺得將事情交代與你，他就可以放心，讓人覺得泰山崩於前，你也能沉穩面不改色。眞想要達到這樣的境界更要不停地與人生過招，修習心性，積累更多的實戰經驗，才能有機會發揮自我的長才。

8. 題詩後

賈島

二句三年得，一吟雙淚流。

知音如不賞，歸臥故山秋。

據說，每年除夕賈島都要將一年來所作的詩作放在案桌上，設酒焚香，並對著天地祝禱：「這些都是我這一年來的苦心啊！」祭拜後，將酒灑在地上，自己也痛飲一番，高歌一曲才罷休。

賈島是文學史上有名的苦吟詩人，當他吟成「獨行潭底影，數息樹邊身」兩句詩後，覺得這兩句得來不易，希望能得知音賞識，否則他將隱姓埋名，遠離儒林文壇。因此他在上兩句詩後，加注上這首「題詩後」。

想起李賀說「尋章摘句老雕蟲」，意思是說迂腐文人專在文章詞句上用功夫。相信大家都會同意，這種尋摘而來的文章終究禁不起時間與讀者的考驗。往往是真情流露的創作，才能展現其藝術魅力。好比和氏璧在被賞識前只是一塊石頭；千里馬如果沒有遇到伯樂的知遇之恩，也不能現其光彩。再嘔心瀝血的作品，如

[230] 唐詩，我的靈魂伴侶

果知音不賞，也是英雄無用。

　　不管是藝術，文學，甚至科學，任何一個從事研究、創作的人最渴望的就是其他人的鼓勵，孤芳自賞其實是不得已的吧。

　　一個孩童作了一張卡片，畫了一張畫像，便是急著向熟識的人炫耀，只要身邊的人多給一點鼓勵，一點專注，就可以露出天真的笑靨。

　　大人更何嘗不是如此，在工作上認真努力的人很多，但得到賞識的機會卻是少的可憐，於是愈來愈多放棄的心態。其實知音不賞，歸臥山秋就言重了，當是繼續努力才是！

9. 近試上張水部

朱慶餘

洞房昨夜停紅燭，待曉堂前拜舅姑；

妝罷低聲問夫婿，畫眉深淺入時無。

古代風俗，頭一天晚上結婚，第二天清早新婦得拜見公婆。新媳婦拜見公婆的心情可想有多羞澀緊張，縱使昨夜剛成親，也要守本分，一大早就要起來打扮，而用心梳妝後還是沒有把握，只好低聲問一問丈夫的意見。

一個女子嫁到人家，如果得到丈夫與公婆的喜愛，她的地位就穩固了，否則將來的日子哪會好過，所以可以體會新婦的眉毛或許擦擦畫畫好幾次呢！

朱慶餘這詩正是投贈給張籍張水部，張籍當時以擅長文學又樂於提拔後進聞名。朱慶餘平時就已投卷給張籍，張籍也相當賞識他，只是臨要應試了，還是緊張自己的作品不能得到喜愛，因此以新婦自比，將張籍比做新郎，主考官們就是公婆了。

張籍看了這詩的貼切表現，欣賞之外還回了朱慶餘明確的答

案，在「酬朱慶餘」中寫到：「越女新妝出鏡心，自知明艷更沉吟。齊紈未足時人貴，一曲菱歌敵萬金。」越州的採菱姑娘，剛打扮好後出現在鏡湖的湖心，邊採菱邊唱歌。她知道自己長的明艷動人，但因為求好心切，所以低頭沉吟了起來。雖然有許多姑娘，身上穿著綾羅綢緞般的名貴服飾，可是那不重要，反而採菱姑娘的串串歌聲美妙難得，才真抵得上萬金呢。

不必要忐忑「入時無」啊，一個人只要真材實料，又肯謙虛求教，不要擔心他人賞不賞識，重要的是自己的自信與風格，當自己的自信丰姿足以耀人時，要別人不看到還真難。

10. 將赴吳興登樂遊原

杜牧

清時有味是無能，閒愛孤雲靜愛僧。
欲把一麾江海去，樂遊原上望昭陵。

　　寫這詩時，詩人外調湖州刺史，吳興就在湖州，即今天的浙
江吳興。而「登樂遊原」這四個字是指「爲了取樂而去登原」的
意思囉？喔，如果這樣解，你一定將詩題看成是「登原遊樂」
了。李商隱有一首著名的五絕「登樂遊原」大家一定很熟悉：
「向晚意不適，驅車登古原。夕陽無限好，只是近黃昏。」

　　詩人李商隱在傍晚時分，突然覺得心情不好，所以就駕車到
「樂遊原」散心，看到滿天夕霞很美，無奈再美也已經是黃昏時
分，美景即將要消失，心中無限感慨。

　　原來「樂遊原」是一個地方。在陝西長安城南，是一個可登
高望遠的遊覽區，古人喜歡來這個高處眺望遠方。而詩中所說的
昭陵是唐太宗的陵寢，在今陝西醴泉縣東北的九崎山，詩人提及
「望昭陵」，便是將他寫作的深意藉物表達出來。

對於一個有抱負的人，最怕遇上讓自己不能一展長才的局面。「能者多勞」，有能力的人才有做不完的事情。可是在大環境中，我們總會遇上許多綁手綁腳的事情，這些事情常是複雜微妙不易處理，所以許多人便在這時表現出一副淡薄的樣子，其實是一種放棄的想法。

　　詩人杜牧所處的時代並不是太平盛世，反倒是黨爭嚴重的時候，可是他還能過著像太平盛世一般有趣味的生活，因為這樣他便暗說自己是無能的人了。

　　「在太平盛世，沒有才幹的人亦可以過著有興味的日子，就像自己喜歡過著孤零、僧侶般寧靜的生活那般。如今即將出守吳興，懷著壯志，插著旌旗向著江海那邊，臨走時只有在樂遊原上戀戀地望著太宗的昭陵了。」

11. 訪城西友人別墅

雍陶

澧水橋西小路斜，日高猶未到君家。
村園門巷多相似，處處春風枳殼花。

　　雍陶到澧水城西去拜訪朋友，靠著久遠的記憶，在鄉間小路上顛簸地走著，走了許久還未到朋友家。終於來到記憶中的村落，一座座村舍門巷竟然又都如此相似，繞來繞去還是找不著。

　　現代人著急了，或許一通電話就解決迷路的問題；但從前可不是這樣呢，想想走了好久的冤枉路，如果空手而回豈不懊惱生氣？只見雍陶在細細尋覓中發現：「家家戶戶的籬旁都種著城裡少見的枳殼花，春風吹來，盛開燦爛，真是令人心醉。」

　　雍陶寫訪友，不但沒有任何好友相逢的場面，甚至別墅也不見蹤影，這樣豈不離題？其實雍陶真的去訪友了，然而在遍尋不著友人之際，卻驚艷地找到了處處春風吹拂的美麗枳殼花。

　　週休二日，人們都競相往景裡去，梅景，楓景，雪景，流星雨……。有時有奪人心魂的美景等著你，有時撲了個空，但如果

沒看到景，賞賞景邊又何妨？沒梅花就賞梅樹，沒楓葉就賞楓林，沒雪花就享受一下冰冷的滋味，沒有流星但自己也留下瘋狂過的記憶。何必就因未如意而掃興不已？

你也是這樣嗎？在困難的時候也可以自得其樂嗎？我們常會設定許多人生目標，為了達成也一直努力往上爬，可是當你達到了山巔卻發現不是你所想的那樣，你會氣餒嗎？如果你是，那多可惜？成功的結局往往絢爛耀眼，只因為成功的結局難得，所以途中的景緻萬千竟然不敵一剎那的結局？

原本四季就非我所能掌控，人生也有太多的意外，是以何不學學雍陶的恬然自適？生活的中間有很多平常的小細節，每天都是相似，細細觀察卻會發現有許多變化。人間處處有清歡，認同這句話嗎？

12. 贈少年

江海相逢客恨多，秋風葉下洞庭波。
酒酣夜別淮陰市，月照高樓一曲歌。

平常我們訪友都是相約而成，突然有日能與友人在某個他鄉
遇上，是多麼值得開心的事！兩個人一同聊起近況，卻也因著洞
庭湖畔金風葉下興起愁緒慨然。

酒酣耳熱之際也是分手之時，席間雖暢談不遇之恨，仍期許
自己和友人有朝可以一展長才，揮別過去的恥辱；也在這明月清
照的高樓上放聲高歌，就此告別。

你是否想過在和朋友告別之時，除了「再見」，你最常說哪一
句話？

珍重？加油？一帆風順？萬事小心？我想無論如何，都會是
一句好話。

在詩中，懷才未酬的詩人以壯志互相期許道別。但話說這詩
字面上並無提到詩人的期許呢？原來是詩人巧妙用典，將典故偷

偷藏在行間字裡，在哪呢？就在詩人與少年的相遇之地：淮陰市。

　　淮陰是楚漢相爭中淮陰侯韓信的故鄉。少年韓信未得志時，因為肚子餓，曾經向洗衣的漂母乞討食物；被地痞流氓欺負時，還忍一時之氣受胯下之辱，雖然免了一身皮肉之痛，卻因而成為淮陰市集中人人取笑的對象。

　　不過，後來蕭何月下追回韓信，使韓信得以有機會征戰沙場，成為西漢百萬大軍的統帥。所以少年韓信的故事成為一種向昨日恥辱徹底揮別的象徵，應該也是詩人影射的深意。

　　有可以共勉的事真好，至少大家互相有共鳴，有可以寄掛的前方，各奔前程之後，能夠繼續努力奮鬥；最怕的是兩人相對淚眼，無語凝咽，哀淒人生苦短，喪失人生目標。

　　所以，無論和朋友是怎樣哀聲嘆氣，別忘了在依依別離之際，互相打個氣，無論如何都可以月照高樓一曲歌。

遙敬遠方的靈魂

你還在那遙遠的邊塞嗎？
望著滿天星空，讓我敬你
一杯。

1. 塞下曲

王昌齡

飲馬渡秋水，水寒風似刀。
平沙日未沒，黯黯見臨洮。
昔日長城戰，咸言意氣高。
黃塵足今古，白骨亂蓬蒿。

　　有些人喜歡戰爭，有些人不喜歡戰爭，喜歡戰爭的人追求一種正義感的實現，追求勝利征服的滋味，不喜歡戰爭的人懷抱著「人飢己飢，人溺己溺」的憂患，時時為著人道主義抗爭。

　　無論如何，沒有人喜歡看見戰爭中流血殘酷的場面，沒有人喜歡看見戰爭後的民不聊生，更沒有人喜歡看見白骨錯置在亂草中的畫面。

　　因為即將遠行，給馬喝水。遙望四周，這兒的水氣森寒，風似刀銳，平沙暗暗，一望無垠，遠看彷彿可以眺見臨洮。長城邊，這黃沙滾滾之地，曾經在這的戰爭，如今都已過去，黃昏的古戰場又留下一些什麼？一堆堆散落在地面的森森白骨罷了。

國仇家恨是戰爭的理由，然而在詩人眼中看到的卻是昔日一位位意氣風發的少年，紛紛葬身在長城內外，化作一堆堆無主白骨。

　　讀得出詩人反戰的意念，然而戰爭是國家的大政策，蚍蜉如何撼得動大樹？這是一個文人的悲哀，往往憂國憂民，為著社會生出十分多情的感嘆，然而何用？權力核心是遙望的人們所觸碰不到，那個部分不是人們所能控制決定的。一個文人注定是書空咄咄，與權力的核心無緣，可悲的是，就算他能踏入權力之中，恐怕也跟著在當中腐化。

　　所以再無用，也要堅持著自己的那一枝仁筆，和那一顆肉做的心。

2. 詠史

高適

尚有綈袍贈，應憐范叔寒。
不知天下士，猶作布衣看。

戰國時候，魏國派遣須賈以及范雎出使齊國。當時齊王相當
欣賞范雎的才能，所以賜予他金子，可是因爲齊王沒有給須賈，
自然引起須賈對范雎的妒忌。

回國後，須賈便將范雎接受齊國黃金之事告訴魏國的宰相魏
齊，讓魏齊認爲范雎和齊國相通。魏齊很生氣便將范雎捉來，命
人痛打范雎，一直打到他忍受不住昏死了過去。魏齊以爲范雎死
了，便將他丟到墓地去。

後來，范雎醒來，潛逃到了秦國，改名爲張祿。他前去向秦
王遊說治國政策，秦王發現他的才能後，封他爲相，一時征伐諸
侯，威震天下。

這時，魏國見秦國國勢日亦壯大，便派遣使者須賈至秦國獻
貢品示好。當時，范雎聽聞須賈前來，便故意穿著單薄舊衣，在

路邊和須賈假裝巧遇。須賈很是驚訝，想起范雎現在這樣落魄都是自己害的，又看見范雎穿著單薄可憐，便將自己身上的綈袍脫下給他。

范雎便故意告訴須賈：「幸好當初沒死，現在才可以為張祿丞相駕馬車。」須賈一聽趕緊道：「我幾次想要見張丞相，都被守門人擋回見不著，請你為我通傳吧。」於是，范雎應好，就為須賈駕車到相府，到了相府，范雎先走了進去，須賈在外邊等了許久很是奇怪便問守門人：「范叔何以進去這麼久都不出來？」那守門人便說：「什麼范叔，那是我們的張丞相。」

須賈聽到，大吃一驚，趕緊匍匐請罪。後來，范雎接見他說：「今天饒你不死，不再計較，是念你以綈袍贈我，尚有故人之情。」

那須賈可憐范雎身著單薄而給絲綢長袍，不知道他已經何等尊貴，高適詠史便是談到這一段念及故人的故事。也幸好須賈念舊，否則豈得活命？人們是否也該引以為惕？

3. 登金陵鳳凰臺

李白

鳳凰臺上鳳凰遊，鳳去臺空江自流。
吳宮花草埋幽徑，晉代衣冠成古丘。
三山半落青天外，二水中分白鷺洲。
總為浮雲能蔽日，長安不見使人愁。

　　金陵就是今天江蘇的南京，而這座鳳凰台就在南京的西南邊，相傳在南朝劉宋文帝元嘉十六年（西元四四零年），有三隻形狀像孔雀的大鳥飛翔在山間，當時人認為是鳳凰，因此在這山中蓋了座臺，取名為「鳳凰臺」。

　　李白站在臺上不知道是什麼樣的感受，可是他將古今異時的感嘆吟出。或許是想到鳳凰遨遊本是吉祥的兆頭，而今鳳凰已去，吉兆已失，徒留下滔滔不絕的江水吧。

　　由於三國時代的吳國曾建都在今日的南京，當時那兒也還留有吳國的宮殿遺跡，所以李白看著這些原本富麗堂皇的吳國宮殿已經埋葬在花草幽徑中，自然興起無限的感嘆。

後來晉朝繼吳後，也定都在那兒，當時王導、謝安這些望族定居在那甚爲興盛，如今也只剩座座衣冠古丘，無限唏噓啊！

　　懷古到了這，已然有壓抑不住的情緒，往前看見那遠邊的景色，胸中的鬱氣不由發抒而出。要知這「三山半落青天外，二水中分白鷺洲。」不知道已經在這多久多久了呢？人世滄桑只宛如過眼雲煙啊。

　　「鳳凰台上從前應該有鳳凰在那兒盤遊，鳳凰去了，現在只剩台上一片空寂，只有長江仍滾滾東流。從前繁盛一時的吳王宮殿，現在已經埋沒在幽暗的小徑中。晉代的一時顯貴們，現今也變成了累累的荒墳。三山的峰巒一半遠接天外，白鷺洲將河水從中分成兩條。日光總是容易被浮雲所遮蔽，看不見長安，使人心中十分愁悶。」

　　李白大概是想，現在的家國是不是也正步向吳、晉的後塵呢？

4. 蜀相

丞相祠堂何處尋？錦官城外柏森森。

映階碧草自春色，隔葉黃鸝空好音。

三顧頻煩天下計，兩朝開濟老臣心。

出師未捷身先死，長使英雄淚滿襟。

「滾滾長江東逝水，浪花淘盡英雄，是非成敗轉頭空，青山依舊在，幾度夕陽紅？」

諸葛亮有許多傳奇的事跡，像是劉備「三顧茅廬」的「隆中對」。輔助劉備敗曹操於赤壁，佐定益州，使蜀魏吳成鼎足之勢。甚至後來劉備將劉禪託與諸葛亮，請他繼續相輔，當時全國大小軍、政、財務都要由諸葛亮處理。還有「七擒七縱孟獲」、感人涕淚的「出師表」、發明「木牛流馬」來運送糧食等等，太多令人讚嘆的事跡了。

可惜諸葛亮先後六次北伐曹魏，都因為糧食不濟而沒有成功，即使發明了著名的木牛流馬來運送糧食，還是無濟於事。蜀

漢後主建興十二年（西元二三四年），諸葛亮出師伐魏，在武功五丈原（今陝西省郿縣東）與魏國司馬懿對峙渭水百餘天，同年八月卻不幸因積勞成疾，病逝軍中，那年他才五十四歲。蜀漢軍隊撤走後，魏國大將司馬懿來巡視蜀漢軍隊紮營的處所，還不禁讚嘆說：「諸葛亮真是天下奇才。」

　　而今丞相的祠堂在那兒找呢？就在錦官城（今成都）外柏樹繁茂的地方。那兒映照著階前的綠草，徒自呈現一片春色。枝葉叢中，黃鸝鳥兒空傳出美好的鳴聲。當年劉備三次拜訪隆中草廬，一再勞煩他籌慮平定天下的大計，而他在先主與後主這兩個朝代間為開創國基，濟世撫民更顯出一片赤忱的老臣心。可惜他幾次出師都沒有成功，便不幸先死了，使後世英雄每一次念及便淚滿衣襟。

　　綜觀諸葛亮的一生，他真是多才多藝，不但是個偉大的軍事家、政治家、發明家，也是位精通天文、地理、氣象的科學家；更是名真正的儒者，具有澹泊明志、寧靜致遠的精神涵養。雖然他統一中國，光大漢室的最終理想未能實現；但是，他那種以身許國，明知不可為而為，努力不懈的氣慨，實在令我們這些後代的人敬佩不已。

5. 行軍九日思長安故園

岑參

強欲登山去，無人送酒來。
遙憐故園菊，應傍戰場開。

唐天寶年十四年（西元七五五年），安祿山起兵叛變，次年攻
陷長安。兩年後，至德元年，唐肅宗由彭原行軍至鳳翔，岑參隨
行。當時唐軍尚未收復長安，詩是詩人在該年重陽於鳳翔憶故園
所作。

他說，勉強才得以在重陽登山望遠，無奈戰亂的時局中沒有
人可以送酒來。「送酒」是有典故的，據載有一年陶淵明在過重
陽節時，窮迫到沒有酒喝，因此好酒的他就在宅邊的菊花圃裡悶
坐許久。沒想刺史王弘竟然送酒來，才使陶淵明得以開心痛飲一
番，而成了「送酒」的佳話。是以想到這樣的典故，詩人不由提
到自己身處在連酒也難得的戰局場景中。

菊是重陽的花，也是故鄉的花，花勾起了詩人重重聯思，他
想到長安城中的菊花，現在應該燦爛美好地開了，而令人難過的

是他們竟綻放在荒亂戰場之中。當時長安尚未被收復，所以詩人聯想到長安街道戰火紛飛，斷垣殘壁間寂寞無人賞的菊竟然還是一簇簇地開放著。

　　不只是惜花思鄉，詩人對國事的憂慮，對戰亂中人民的疾苦都深深的關切。人民不正像那脆弱的菊花嗎？生活在令人驚恐的戰場上，沒有躲避的能力，沒有防禦的可能性，只有任著烽火燃燒，任著馬蹄踐踏，在戰亂時刻誰會去眷顧脆弱的他呢？他的生存是靠著天給的運氣啊。岑參在鞍馬烽煙間來回十餘年，也寫了很多邊塞詩，這首淡淡樸實的小詩，卻更顯得情意的無限綿延，無比的耐人尋味。

6. 從軍北征

李益

天山雪後海風寒，橫笛偏吹行路難。
磧里征人三十萬，一時回首月中看。

　　有點地理概念的人都知道，天山位於大陸的中央，山的平均高度多在一萬公尺以上，而可以清楚看見天山的地方都是三、四千公尺的高原。高原上多是沙漠草原，唐朝的外患「吐蕃」正生活在這兒，這兒還有文成公主和親的紀念碑呢。

　　李益的「海風寒」，應是青藏高原上的青海湖了。雖然在地理學的定義上青海湖只是個湖，然而見過它的人，一定會在心裡臣服它是海。青海湖裡邊有鹽礦，所以湖水很鹹，風一吹，一股海風的味道就襲來了。

　　這兒的夏天，天藍高廣，滿溢荒涼的海孤獨的只有風陪伴，從沒看過這種令人想哭的平靜，在大陸的中央，明明是三千公尺的青藏高原竟有這片藍色的矛盾。當地的人說，別的季節可不是這樣的。

昨夜，悄悄的留在岸邊，耳邊還繞著剛剛歡慶的歌唱聲，皮膚的細胞還在舞動，這些歌舞不屬於我的空間或時間，他們原始的叫人陌生。聽說是藏族的音樂，誰知道呢？只是每個人的身上都染上興奮的火花，不停的燃燒著，寒冷的山風也吹不熄。

　　夜裡，微顫的冷風像檸檬汁般的沁進骨子裡，連夜都流露出讓人不可置信的原始之美，入夜後，祖先穴居時的恐懼，第一次領會。草原上，無蚊，坐在蒙古包外，伸手不見五指，黑暗的空間吞噬人的毅力。

　　可以想見李益他們從南方北征至此，夜風中行路之難。一隊壯闊，疲累的征人，奉著軍令遠征蠻荒北地，眼前盡是陌生，連星星也都不同，回頭望去也只有遙掛在天空的月是最熟悉的思鄉情愁。

7. 汴河曲

李益

汴水東流無限春，隋家宮闕已成塵。
行人莫上長堤望，風起楊花愁煞人。

　　大家都知道隋煬帝楊廣是一個典型的昏君，然而很少人知道
他的天賦甚高，文筆華美，胸襟抱負不凡，也帶有創造性性格。
他有豐富的想像力，並能在各種瑣事展現其個人風趣，是一個相
當有自信之人。

　　例如他曾經好奇天下到底有多少鷹師，而令天下的鷹師都來
長安聚集，結果來了一萬多人。他也曾為了向西蕃的朝貢者炫耀
國力，下令洛陽端門街陳設百戲，結果戲場圍了五千步，有一萬
八千多人在裡邊彈奏絲竹，天下奇異特技雜耍都來到這兒，足足
聚集了一個月才散去，隋煬帝還微服出去觀賞了好幾次。

　　一個如隋煬帝這樣的人，為了遊覽江都，當然前後可以動員
百餘萬民工開鑿通濟渠，通濟渠就是今天的汴水，他還在汴水之
濱建造豪華行宮，沿堤種植柳樹，後稱隋堤。當然，如果只是這

樣就不是隋煬帝了，史書上還記載著他從長安到江都沿途總共興建四十餘所離宮呢，唉，這樣能不自取滅亡都難啊！隋朝從文帝開國至滅亡只有短短的三十七年，滅亡的原因自是隋煬帝窮奢極侈，耗盡民膏。

　　詩人在此弔古傷今，感傷滄桑歷史。然而當代的封建統治者卻沒有從隋亡國的歷史汲取教訓，哀而不鑒，只能使後人復哀今人。所以詩人嘆道，汴水綠波，悠悠東流，兩堤柳蔭，一片無邊春色。春色常在，豪華隋宮卻已傾圮荒廢，行人就別上長堤眺望了，漫天飛舞的楊花煙柳是何等地叫人感傷啊！

8. 沒蕃故人

前年戍月支，城下沒全師。

番漢斷消息，死生長別離。

無人收廢帳，歸馬識殘旗。

欲祭疑君在，天涯哭此時。

雖然國際間的戰爭一直透過電視螢幕刺激著我們，但在我們
的小世界裡，已經數代沒有流血的戰役了。沒有戰爭的國度，人
們會逐漸忘懷所謂的國仇家恨，進而失去向心力，同情心。但
是，老天爺似乎並不容許我們淪落至此。

九二一大地震，是天災。祂帶走了無數的生命，我們卻沒有
可以怨恨的主角。猶記得當時人不在台灣，知道地震時還不覺得
驚詫，一直到網路的新聞上刊出一張張淒慘的照片，及不斷飆高
的傷亡人數，才真正楞著，哀慟不已，當場痛哭。

後來知道有那麼多同胞過往，很遺憾。

美國九一一事件之前，才踏上雙子星摩天大樓，從那上邊可

以眺望無盡遠的美景，當時還想著要再來一趟，沒想這雄偉磐石的建築竟然在恐怖份子的仇恨之下毀傾。天災是天所行者，戰爭卻是人禍，美國人的國仇家恨也因之被挑起，造成中東一場血腥戰役。

　　不管當時多少人埋葬在瓦礫堆中？活著的人們都會用最大的堅持希望尋獲更多的生還者，然而除了不幸的罹難者，還有多少人在這些後續的事件中繼續付出代價？死的人已經不再知覺，痛的是那些活著的人哪。

　　天災人禍是殘酷的，想張籍寫這樣的詩送給冥路上的故人，心中一定是非常難過。人說「活要見人，死要見屍。」災難發生之際，如果未能找到屍體，親人多半希冀著那一絲絲的不可能。所以，張籍才會說欲祭疑君在：「前年你出征至吐蕃，城下一戰全軍覆沒。蕃漢隔絕，音訊不通，只怕是要永遠別離了。沙場上，營帳毀損，旗幟殘破，兵荒馬亂，沒有人去收拾，大概也只有歸來的馬兒才認得。想要拜祭你，卻又懷疑你尚且活著，今天就讓我在天涯一方為你放聲一哭吧。」

9. 過鴻溝

龍疲虎困川原割，億萬蒼生性命存。

誰勸君王回頭馬，真成一擲賭乾坤。

〈過鴻溝〉講的是楚漢相爭的故事。這個決定中國歷史的龍虎之戰，大家耳熟能詳，記得最早知道這故事時，還不識字，是從當時風行的歌仔戲看來的呢。每天守著劉邦、蕭何、項羽、虞美人……最想知道的卻是已定的結局。現在再想，只會想知道如果當時天下是項羽的，不知道今日的世界會是怎樣？

乾是天，坤指地，乾坤就是天地。一擲乾坤，正是將自己的一切全部賭上。爭奪天下之際，情況再難，也沒有人會勸自己的將軍放棄，所以在勢均力敵的情形之下，當然是卯足全力將身家性命全賭上，就看眼下這一戰役。所謂成王敗寇，這場賭局自是天地之豪賭了。

可以用「一擲乾坤」形容的場面其實還不少，像是聯考，開創事業等，其中我聽過最有趣離譜的，竟然有人拿來形容結婚。

A君忠厚老實，當時有兩、三位女性朋友都願意與他結婚，這些女友各有特色，各有好處，A君十分苦惱哪個會是結婚的好對象。最後，還是從中決定了一位，朋友問他是如何選出的，他搔搔頭不好意思地說：「是擲骰子擲來的。」朋友便以一擲乾坤與他開玩笑。當然選擇婚姻對象的確也要靠運氣，但是靠骰子可是不被鼓勵的。

　　不愛賭的人都有同一種處世哲學：小賭小輸，大賭大輸，該有的，只要肯努力，老天爺不會少給你。所以真正的成功是周全的實力加上人助再加上天助，可別將順序錯亂，拿自己的人生開玩笑。

10.
金陵晚望

高蟾

曾伴浮雲歸晚翠，猶陪落日汎秋聲。
世間無限丹青手，一片傷心畫不成。

　　從小就羨慕會畫畫的人，羨慕他們拿起畫筆如魚得水，瞬間就能爲畫布添上美麗的色彩。雖然我也想學人將喜怒哀樂畫下，但是手不聽我，只好作罷。雖然是這樣，我還是愛看畫，看各種藝術之美。

　　旅美時，最愛他們的博物館，每每在當中流連忘返，不管你在裡面待多久，都不可能將一切看盡。各世紀的作品，寫實、印象、浪漫、野獸、現代，不同的風格，都使我驚詫於藝術家讓人崇敬的一面，而博物館致力收集來自世界各地珍藏的心思，更非筆墨足以形容。在這生命的饗宴裡，我得到了許多慰藉與激情。

　　然而，有幾次遇上流落國外的國寶，心中是悲喜交加，喜的是自己也可以親眼見著這些，悲的是這些歷經滄桑的中華文化竟然不在自己的家園。

高蟾曾寫「遙望金陵，曾經的興盛如今已經衰退，國漸式微，我的多少心痛、傷心，怕是世間的丹青手都畫不出吧！」

　　想起在他國展覽的珍貴敦煌文物。當初叫貪財無恥的守院王道人給賤賣，無數的書籍、佛經、圖畫、壁畫……大批大批被盜運出境！

　　唉，國恥啊！黃皮膚的我竟站在白人中間跟人爭看自己家的文化，這樣諷刺的畫面，是信奉尊嚴的祖先們想像不到的吧？也或許他們悠悠恨意的魂魄早跟到萬里外的這兒，一同悲嘆著了！

11. 己亥歲感事

澤國江山入戰圖，生民何計樂樵蘇。
憑君莫話封侯事，一將功成萬骨枯。

　　有很長一段時間，我的歷史成績是很差的，特別是近代史。
每每讀到近代史，全身就冒出一股不耐與煩躁，不只因為近代史
有許多怵目驚心的照片，還有喪權辱國，不平等條約，八年抗
戰，一切的一切都令人想逃。

　　記得第一次看南京大屠殺的紀錄片時，沒有一個同學不為之
動容。殺戮戰場上，敵軍入境，數十萬人的性命脆弱地宛如螻
蟻，屍橫遍野，血流成河，明知是驚悚的腥紅，在年久的紀錄片
中卻是黑色的可怖熔岩，熔岩漿流過之處吞蝕殆盡，只留下人類
性惡的恥辱。

　　美國社會學家威爾・杜蘭特曾說：「戰爭是一個歷史的常
數，而且它未曾因文明或民主而歸於消滅。」你可知人類在有歷
史記載的三千四百多年中，只有兩百六十八年沒有戰爭！

戰爭，詩人正是環顧晚唐動盪不安的戰亂社會，心傷感懷而作此詩。安史之亂後，唐朝已由盛轉衰，戰爭從河北，一路蔓延至中原。因為民不聊生，農民、樵夫都難以生計，人民發起大規模起義，而李唐王朝以暴力鎮壓暴動，使得江南澤國也都淪為戰場，劃入戰圖。僖宗廣明元年，正是己亥歲，鎮海節度史高駢因為血腥平定有名的「黃巢之亂」而受到封賞。然而對詩人而言，成就一個大將軍，不過是死了更多的人罷！

　　孫子兵法有云：「百戰百勝，非善之善者也；不戰而屈人之兵，善之善者也。」意思是說，能夠不流血就戰勝敵人的戰爭才是真正的勝利。很難吧？老祖先的思想中其實是濃濃的「人本主義」，是以譏諷想要浮雲富貴的人們：「談什麼封侯晉爵！不過是踏著成千上萬的屍體登天罷了！」

人物誌

① 《中國傳奇人物100》

本書除提供名人的經歷背景等資料外，並蒐集各種相關知識，有文學家的成名作品、畫家的知名畫作、及從人物本身引出的知名人物介紹，如從李師師與宋徽宗的一段情感，牽引出宋徽宗的名畫等，因此使本書更具有翻閱與收藏價值。

黃晨淳／編著　定價／300元　特價／199元

② 《今天的名人》

全書依照重要人物出生或具特別意義的日期順序排列，回顧古今中外所發生過的點點滴滴，提供給我們有關歷史人物的一言一行，從他們的成敗、功過，深切的印證我們生命中種種的軌跡，看到人類的過去亦可深激發人類與生具有的「有爲者亦若是」潛能，而效法歷史上偉人的行事風範和經驗，擷取人類智慧結晶。

蔡漢勳／編著　定價／320元　特價／199元

③ 《神的故事》

選錄千年道教諸神100位，諸如西王母、媽祖、李哪吒、保生大帝等，探索中國信仰的眞諦，增廣知識與奠基我們的信仰。100張神明圖片解說，帶你進入傳說中的神話，了解敬拜神的傳說與事蹟，呈現出民間的信仰文化。附錄諸神台灣寺廟介紹、延伸閱讀，讓信仰與生活相結合。

陳福智／編著　定價／220元

④ 《改變歷史的偉大人物》

網羅史上100位影響歷史及有特別貢獻及重大成就的名人，像是甘迺迪、華盛頓、佛洛伊德、釋迦牟尼、畢卡索、萊特兄弟、史蒂文生、莎士比亞、貝多芬等人。探討什麼樣的成長過程鍛鍊造就他們堅忍不拔的精神？他們一生中有什麼特別的經歷和境遇？細讀本書後相信你可以清楚地找到答案，並學習到名人的精神和成功智慧。

張秀琴／編著　定價／350元　特價／249元

⑤ 影響世界的哲學家

這是一本以「人」爲本的不純哲學書，涵蓋亞理斯多德、笛卡兒、史賓諾沙、尼采、馬克思、維根斯坦、傅柯，還有洛克、伏爾泰、休謨、盧梭、康德、黑格爾、叔本華、胡塞爾、柏格森、海德格，有生活中的衝突、歡笑與執著，當然你也可以粗略了解哲學家爲世人所敬重的知識理論、思想體系以及對人類社會的偉大貢獻。

陳治維／編著　定價／300元　特價／199元

⑥ 誰想當皇帝

自秦始皇嬴政自稱「皇帝」至清朝最後的清宣統愛新覺羅・溥儀爲止，中國共有四百多位即位稱帝的皇帝。他們之間有許多的共同性，也有很多的相異處，有的文才武略兼備，有的卻不知荒淫享樂…。

本書精選中國三十五位極具特色的皇帝，有清明、有昏庸、有明帝、有昏君，針對他們的部分事蹟採取故事性的描述，重建該帝生動鮮明的形象。並於文末針對該皇帝的言行，進行深入的檢討與延伸的思考，爲歷史賦予現代的意義。

林鉦昇／編著　定價／280/　特價／169元

名言堂

《孔子名言的智慧》

　　精選150則論語中的名言智語，以符合現代社會的宏觀角度，深入淺出詳細解說，汲取孔子的人生智慧與積極的處世態度，讓你可以圓融處世、積極進取精進生活、增強智識。

黃雅芬◎編著 定價/220元

《韓非子名言的智慧》

　　精選150句韓非子名言，透過現代人的人生觀，以符合現代社會需要的宏觀角度，深入淺出詳細解說並與西方哲學家的名言相對照，完全呈現法家思想的積極意義，為動亂的時代注入安定的力量，為平和的生命帶來豐活的生機。

陳治維◎編著 定價/250元 特價/199元

《老子名言的智慧》

　　選老子名言150句，不僅適用於職場、家庭、社會、個人，可以說是一本廣為世用的智囊寶典。也同時給予賞析說明，讀者可以從中取用他的某些原理，進而更樂意從古書中汲取生活智慧，注入帶有時代色彩的新思維，形成新的觀念、準則。

黃晨淳◎編著 定價/250元 特價/149元

《孟子名言的智慧》

　　精選其中名言150句，適用於教育、自我成長、社會和政治，可謂為現代為人處世的智囊寶典。此外，對於精選名言更是給予賞析說明，可帶來具有時代色彩的新鮮思維，形成新的觀念，使讀者溫古知新，進而修身養性、智慧處世。

江佩珍、陳籽伶◎編著 定價/260元 特價/169元

《莊子名言的智慧》

　　中國人向來說「得意時是儒家，失意時是道家」，亦即勸人處順境時，要以儒家義理來開拓胸襟、提升境界；處逆境時，則當以道家智慧來療傷止痛、休養生息，因此，我們希望藉《莊子名言的智慧》中淺暢的文字，讓先哲的智慧洞見能穿越時空，走入我們的心靈，跟我們現身說法。

黃晨淳◎編著 定價/260元 特價/169元

《荀子名言的智慧》

　　荀子提出性惡的說法，並不是他真的把人看得這麼壞，而是他想讓我們在有最壞的打算之後才能用更坦然的心態去面對眼前的挫折、困難與傷害。本書共分八個篇章，娓娓道來荀子一書的現代意義，希望你在本書裡，可以更坦然的面對自己、更寬容的面對別人、更積極的面對自己的人生、更快樂的面對每一天！

賴純美、陳籽伶◎編著 定價/260元 特價/169元

《漫漫古典情》

　　配合現代人匆忙的生活步調，本書以精緻短幅內容為重點，讓人隨手拾來，依興之所致閱讀，短短的一首，無壓力、無負擔，輕鬆欣賞古典詩詞。讀者每天翻閱一首，天天享受浪漫感人的詩情。

樸月／編著　定價／300元　特價／199元

《從名言中學智慧》

　　作者將這些名人所講過的話，依照不同的性質，而排成十二篇幅；分別是智慧、憂鬱、幸福、愛情、快樂、待人處事、學習、工作、自信、行動、成功、人生，然後化成一篇篇生活化地散文，每一句名言的含意使它變為一種正面生活態度。

賴純美／著　定價／300元　特價／199元

《點燃哲人的智慧》

　　本書精選160則古代哲人短篇言談或著作中的故事或寓言精選的名人佳句，經由作者精妙的譯寫文字，對故事的體會或心靈哲思為讀者提供的處世哲學，並透過故事中的廣博哲理，一解人生的疑難解惑。

黃晨淳／編著　定價／250元　特價／199元

《紅樓夢》

　　本書總錄紅樓夢中200多首詩詞名句及書信，以章回為分段，內有引經據典的精詳註釋、流暢優美的譯文以及編者經半世研究的精闢賞析，是一本實用功能極強，並且亦是一本文學欣賞集。

王世超／編著　定價／320元　特價／199元

《從名句看世界名著》

　　此書是西洋故事集，著重百年不朽經典名選自著名文學126則故事，全書分為四個篇章：聖經篇、世界名著篇、希臘羅馬神話篇及戲劇篇，透過作者的名句剖析加上精粹的故事摘要以及對生活的默思，呈現出智慧的沉澱。

柯盈如／編著　定價／200元　特價／99元

⑥ 《中國傳奇事典》

　　中國經典故事是人生智慧的沉澱，借用前人的智慧可以當作借鑑，用來規範言行，本書收錄神話、歷史、成語故事、佛教傳奇、古典詩詞、俏皮話典故共156則中國經典傳奇，藉此可以了解歷史，還可以啓發思想增加人生智慧。

卓素絹／編著　定價／280元　特價／149元

⑦ 《百年經典名著》

　　本書編寫的目的，即是爲了讓一般民眾也能親炙文學大師的風采，用一種淺顯易懂的筆調介紹眾所皆知的文學經典，使人們可以藉此窺探文學大殿，並由此對經典中的智慧能夠快速吸收，而能獲益匪淺。

柯盈如／編著　定價／350元　特價／199元

⑧ 《中國詩詞鑑賞辭典》

　　本書蒐集先秦至清末民初，文人學者所創作的詩詞曲，橫跨中國二千多年，集詩歌名句之精華於一，以朝代及作者爲軸，一一條列，除了簡要的賞析翻譯之外，並附有原詩詞，書末再附註筆劃索引，可供讀者於最短時間內查詢所需資料。

白英、潤凱／編著　定價／450元　特價／299元

⑨ 《中國散文鑑賞辭典》

　　本書蒐集先秦至清末民初歷代的散文經典名句，以朝代及作者爲軸，一一條列，除了介紹出處與書名外，另附簡要的賞析翻譯，不僅爲先哲對人生和世界的思考與頓悟，也是一中國巨大的智慧寶庫。

天人／編著　定價／900元　特價／499元

⑩ 《權謀智典》

　　看歷代偉人權謀策略的運作，學習利用智取的成功策略。因之，競爭的社會裡，智取是最有效的成功捷徑。我們歸納中國五千年的權謀方略，共120則經典的權謀故事，使我們能在競爭的社會中獲得最大成就。

黃晨淳／編著　定價／250元　特價／199元

《失樂園》

改編自一萬多行的《失樂園》原著,精采故事來自聖經的《創世紀》,敘述天國中撒旦的叛亂、與神的抗爭、帶領天使逃亡墮入地獄與人類祖先亞當、夏娃被逐出天堂樂園的悲壯史詩。生動的文字敘述與五十幅杜雷經典插畫,精緻唯美,呈現繽紛的美麗故事。

劉怡君/編著 定價/250元 特價/149元

《絕對小品》

此書匯集90位近代的文學家、哲學家、智者有培根、蒙田、泰戈爾、歌德、卡內基、紀伯倫、羅素等人的120篇生活小品文。並對生命、愛情、生活、知識四個層面作經驗的分享精煉的人生的智慧,閱讀的同時可以隨時補給心靈的枯竭,輕鬆閱讀的同時將會源源不斷在的能量。

徐竹/編著 定價/220元 特價/149元

《聖經的故事》

《聖經》是全世界發行量最多、讀者群最廣的經典作品,分為《舊約》,探討神耶和華與選民以色列民族的關聯。《新約》,記載基督教徒的救世主,以及使徒們的傳道活動。本書並配合200幅杜雷經典插畫,以文字開展《聖經》故事,文筆簡潔有力,故事生動自然。

郭素芳/編著 定價/450元 特價/299元

《蒲松齡的失意哲學》

蒲松齡,一位追求功名的典型中國文人,不得意的人生,造就他文學上的卓越成就。《聊齋誌異》,一部在虛幻中尋求桃花源的小說,經由它我們得以營造一個自現實壓力跳脫的理想世界。本書精選100則《聊齋誌異》中最精彩的故事,每個故事有一段改寫者的小小心得。

潘月琪/編著 定價/300元 特價/199元

《紀曉嵐的人生啟示》

大清第一才子紀曉嵐,唯一傳世的著作《閱微草堂筆記》,寫得不是經世濟民,而是一篇篇從他人、鄉里或親自見聞的人鬼狐故事。本書節選其中最生動最富含人生哲理的140篇,從中我們可以了解紀曉嵐喻大義理於嬉笑怒罵的故事的實質用心。

黃晨淳/編著 定價/250元 特價/199元

經典智慧系列

《閱讀大師的智慧》

　　本書的寫作方向以當代著名哲學家、詩人、文學家等的作品為主，共十九位哲學家大師，將他們的精闢論點，用一種改寫的方式節錄而出，以形式簡短的文章呈現，內容富有深度，為一種文簡易賅的經典小品文，共有150篇經典哲理散文。並且此書為哲學家、詩人、文學家等的思想結晶，內容簡潔，富有意味，值得人們沉吟再三。

張秀琴／編著　定價／300元　特價／199元

《影響中國散文100》

　　自先秦至清朝，精選74位古文名家，共100篇傳世散文，一生不可不讀的絕世文章；100篇散文，74種人生態度，內含名人們的人生體悟與生活實錄，更多的是智慧的累積，及反覆閱讀的不同收穫，讓你體驗出人生百態，豐富你的一生。

李麗玉／編著　定價／450元　特價／299元

《智慧的故事》

　　這是一本典藏猶太民族三千年的生活藝術，有流傳已久的民間故事有寓言、英雄傳奇、幽默故事，來自其宗教著作像是《聖經》、《塔木德經》、《律法書》，透過這些故事可以了解猶太人生活的智慧和樂觀的民族性，更敬佩先知的睿智，值得令人學習的生活智慧。

劉嬡、何竣／編著　定價／350元　特價／299元

《閱讀名人的心靈》

　　以74位世界上成功的名人為主，介紹其奮鬥成功的歷程與如何堅持成功的原則，而這些原則與經歷，值得令人學習的地方。從名人故事當作主軸，帶出名人的人生的智慧、愛情智慧、成功智慧等等。充滿知名人士的精髓；每一頁都可以化成是積極向上的活力泉源。在分享了名人的人生經驗後，定能有所啟發，能更有信心地去擷取屬於自己的成功果實。

王雅慧／編著　定價／190元

《唐吉訶德》

　　本書將世界名著《唐吉訶德》重新編寫，並配合杜雷名畫150幅開展內文，唐吉訶德夢想也成為一名騎士雲遊天下，於是憑著這股傻裡傻氣的熱情就出發了，在文中看似荒唐的行為中，卻透著善良的動機，生動有趣的故事，值得細心品味！

　　《唐吉訶德》出版後被譯成六十多種文本，是譯本種類僅次《聖經》的近代偉大作品。

塞萬提斯／編著　劉怡君／改編定價／220元　特價／149元

國家圖書館出版品預行編目資料

唐詩，我的靈魂伴侶／謝怡慧編著.── 初版.─
─臺中市 ：好讀，2003[民92]
　面：　　公分，──（詩療館；01）

ISBN 957-455-484-8（平裝）

1.中國詩─唐（618-907）─評論

821.84　　　　　　　　　　　　92011044

詩療館01

唐詩，我的靈魂伴侶

編　　著／謝怡慧
文字編輯／葉孟慈　陳淑惠
美術編輯／賴怡君　李靜佩
發行所／好讀出版有限公司
台中市407西屯區何厝里19鄰大有街13號
TEL:04-23157795　FAX:04-23144188
e-mail:howdo@ms59.hinet.net
http://www.morning-star.com.tw
法律顧問／甘龍強律師
初版／西元2003年8月31日

總經銷／知己有限公司
台北公司：台北市106羅斯福路二段79號4樓之9
TEL:02-23672044　FAX:02-23635741
台中公司：台中市407工業區30路1號
TEL:04-23595820　FAX:04-23597123

定價：220元
特價：149元

| 廣告回函 |
| 台灣中區郵政管理局 |
| 登記證第3877號 |
| 免貼郵票 |

好讀出版社　編輯部收

407 台中市西屯區何厝里大有街13號1樓

電話：04-23157795　傳眞：04-23144188

E-mail:howdo@ms59.hinet.net

 新讀書主義—輕鬆好讀，品味經典

更方便的購書方式：

(1)**信用卡訂購**　填妥「信用卡訂購單」，傳眞或郵寄至本公司。

(2)**郵 政 劃 撥**　帳戶：知己實業股份有限公司　帳號：15060393
　　　　　　　　在通信欄中填明叢書編號、書名及數量即可。

(3)**通 信 訂 購**　填妥訂購人姓名、地址及購買明細資料，連同支
　　　　　　　　票或匯票寄至本社。

◉單本九折，五本以上八五折，十本以上八折。

◉訂購3本以下如需掛號請另付掛號費30元。

◉服務專線：(04)23595819-231　FAX：(04)23597123

◉網　　　址：http://www.morning-star.com.tw

書名：唐詩，我的靈魂伴侶

1. 姓名：＿＿＿＿＿＿＿ □♀ □♂ 出生：＿年＿月＿日
2. 我的專線：（H）＿＿＿＿＿＿＿＿ （O）＿＿＿＿＿＿＿＿
   　　　　　FAX ＿＿＿＿＿＿＿ E-mail ＿＿＿＿＿＿＿
3. 住址：□□□＿＿＿＿＿＿＿＿＿＿＿＿＿＿＿＿＿＿＿
4. 職業：
   □學生 □資訊業 □製造業 □服務業 □金融業 □老師
   □SOHO族 □自由業 □家庭主婦 □文化傳播業 □其他＿＿＿
5. 何處發現這本書：
   □書局 □報章雜誌 □廣播 □書展 □朋友介紹 □其他＿＿＿
6. 我喜歡它的：
   □內容 □封面 □題材 □價格 □其他＿＿＿＿
7. 我的閱讀嗜好：
   □哲學 □心理學 □宗教 □自然生態 □流行趨勢 □醫療保健
   □財經管理 □史地 □傳記 □文學 □散文 □小說 □原住民
   □童書 □休閒旅遊 □其他
8. 我怎麼愛上這一本書：

   ＿＿＿＿＿＿＿＿＿＿＿＿＿＿＿＿＿＿＿＿＿＿＿＿＿＿

   ＿＿＿＿＿＿＿＿＿＿＿＿＿＿＿＿＿＿＿＿＿＿＿＿＿＿

   ＿＿＿＿＿＿＿＿＿＿＿＿＿＿＿＿＿＿＿＿＿＿＿＿＿＿

『輕鬆好讀，智慧經典』
有各位的支持，我們才能走出這條偉大的道路。
好讀出版有限公司編輯部　謝謝您！